中公文庫

十二人の手紙

井上ひさし

中央公論新社

目次

十二人の手紙

プロローグ　悪　魔

1

　昨日の夕方まで、お父さんやお母さんのそばにいたのに、幸子はいま東京の下町の空の下でこの手紙を書いている、ほんとうに夢を見ているみたいです。

　上野駅に着いたのは、今朝の七時二十五分でした。花巻から八時間も坐りづめでとても疲れました。おまけに水戸あたりからずうっと雨、心細くなるばかり。でも、上野駅にすべりこんだ汽車の窓からあちこちのホームを見たとたん、疲れや心細い気持は吹き飛んでしまいましたからご安心ください。上野駅はすごい人でした。あとからあとから人が湧いてきて、ちっとも途切れる様子がないのです。「これが東京なんだな」とおもいました。「東京ではこんなにたくさんの人間が生きて働いている。今日からわたしもそのひとりなんだわ」そう考えたら、ぐんぐん元気が出てきたのです。

ホームには社長さんが『船山商事』と書いた大きな紙をかかげて立っていてくださいました。社長さんはお父さんよりずっと若くて、この二月に四十一歳になったばかりだって。とても親切な人です。それはわざわざ車を運転してわたしを上野駅まで迎えにきてくれたことからもわかるとおもいます。車のなかでは「きみ、今朝は歯をみがく時間もなかったろう。口のなかがうっとうしいようだったらこれを噛みなさい」ってガムもくださいました。お父さんやお母さんからもお礼の手紙を出しておいてください。おねがいします。

船山ビルには八時半すぎに着きました。荒川放水路っていう汚い、大きな川を渡ってちょっと行ったところに青戸というにぎやかな街があるんだけど、その青戸の駅前の五階建のビルが船山商事の本社です。地下は喫茶、一階二階がパチンコ、三階がレストラン、四階がマージャン、そして五階が事務所と従業員の宿舎になっています。明日からはこの事務所でわたしは働きます。珠算にも簿記にも自信があります。社長さんに「いい子を雇った」とよろこんでいただけるようにがんばる決心です。

わたしの部屋は南向きの三畳です。窓の向うは灯の海で、ひとところとくに明るいのが小岩だそうです。ついさっき「ぼくはもう家へ帰るが、なにか困ったことはないかね」とわたしの部屋をのぞいてくださった社長さんがそう言っていました。

では明日からがんばります。お父さんもお母さんもお元気で。わたしのことで心配はいりません。弘のこと、よろしく。

三月二十三日　　　　　　　　　　　　　　幸　子

ご両親様

2

上野先生、昨夜は駅までお見送りくださってありがとうございました。おかげさまで、今朝、無事に上野へ着きました。上野へは船山社長が迎えに出てくださっておりましたから、迷い子になることもありませんでした。船山社長は先生のことを「あいつには今でも頭があがらないんだ」と言ってました。「大学生時代、試験のときはいつもあいつに答案を見せてもらっていた」からですって。

先生、ほんとうによい就職口を世話してくださってありがとうございました。地元でよりも東京で働きたいというわたしの無理なねがいをかなえてくださった御恩は一生忘れません。そして、在校中の先生のご訓示をかみしめ、かみしめ、一所懸命はげみたいと念じております。どうぞこの上ともよきお導きをくださいますよう、はるかふるさとへ想いをよせつつお願い申し上げます。では先生のご健康を祈りつつペンをおかせていただきます。

三月二十三日　　　　　　　　　　　　　　柏木幸子

上野啓一先生

3

おみつ、昨夜はお見送りありがとう。いま、ちょうど上野先生に手紙を書き終えたところ。やっぱり相手が先生だとすこし固くなるわね。途中で面倒くさくなったものだからおしまいの部分は『模範女性手紙文の書き方』なんて本の中の例文をそっくり書き写しちゃった。

ところで、社長があんまり若いのでおどろいたわ。四十一歳よ。わたしはね、社長がもっと年をとっていて、息子が大学生ぐらいならいいな、とおもっていたの。その大学生と恋をして若奥様におさまってしまうなんて線をちょっと夢みていたわけね。でも、船山ビルから歩いて五分ぐらいのところにある社長の家へ挨拶に行ったら、小学六年生の長男と二年生の女の子が出てきたの。がっかりしてしまった。社長は感じのいい人だけど、奥さんはだめ、お高くとまっているんだ。こっちが頭をさげているのにずうっと明後日《あさって》の方を向いたまま。帰りがけに玄関で靴をはこうとしていたら、奥さん、社長にこんなことといっていたのよ。

「使用人を玄関から上げるのはよしてください。勝手口からでいいんです。そのへん、きちんとけじめをつけないと……」

ひどいばばあなんだ、まったく。
ところで、岩手殖産銀行に就職が決まっていたのにどうしてお幸《さち》は東京へ出て行くのかしら、ってあなたは何度もわたしに訊いてたわね。そのわけをこれから書きます。ひとことで言っちまうと、わたしはもう家に居たくないの。おやじとおふくろ、いつも喧嘩ばかりしてるんだ。それも前のような摑み合いの喧嘩ならまだ救われるんだけど、このごろのは冷たい睨み合い。一週間はおろか十日も、ときによっては半月以上も、たがいにひとことも口をきこうとしない。おまけにおやじに酒乱の気《け》が出てきて、なにかっていうとすぐ弟をゴツンとやっちゃうの。おやじの浮気がこの冷戦の原因らしいんだけど、もうとばっちりはごめん、それで岩手殖産銀行を振っちゃったわけ。もったいないことをしてしまったけど仕方がありません。
……こうやって東京へ出てきた理由を書き出してみると、なんだか大したことないわね。やっぱりそっちでおみつと銀行勤めをする方がよかったかな。まあ、弱音を吐くのはやめます。意地でもがんばらなくちゃ。おみつも元気でね。手紙ください。
お幸より
三月二十三日
三田光代様

4

お姉ちゃんはいまひとりでのんびりしていますが、弘はまだまだたいへんね。でも、挫けないで勉強に精を出すこと。高校卒業まであと一年。一年辛抱して来年の春になったら上京するといいわ。お姉ちゃん、それまでにうんと働いて信用をつけて、弘がここで働きながら大学へ行けるよう、社長さんに頼んであげますから。千円同封しておくわね。

三月二十三日　　幸子

弘へ

5

お父さん、お母さん。今日、生れてはじめて月給というものをいただきました。五千円の為替を同封しましたから、弘と三人でどこかへ出かけてなにかおいしいものでもたべてください。会社は景気がよくて、おかげでわたしの仕事も忙しくなりました。毎晩八時ごろまで伝票の整理をしています。それから近くの銭湯へ行き、十時になると床につくのが、このひと月のわたしの日課でした。五月になると、近くの立石という街に第二船山ビルが完成します。そうなるともっと忙しくなるはずです。忙しくなるのは超過勤務がつくので大歓迎です。弘のこと、よろしくおねがいします。お元気で。

四月二十日　幸　子

ご両親様

6

お姉ちゃんのお給料いくらだとおもう？　十万八千円よ。たいしたものでしょう。大学卒業生の初任給だって、たいていはこれ以下でしょうね。超過勤務手当がたくさんついたので、こんな「高給」になったの。それからこれは誰にも内緒だけど社長が給料とは別に一万円くれました。これはよくやってくれたっていうご褒美よ。弘にそのうちから三千円あげます。ただし、買い喰いなんかしないでね。参考書とかレコードとか、なにかのこるものに使うように。手紙ください。

四月二十日　幸　子

弘へ

7

先生、このあいだ、生れてはじめて給料をもらいました。なにを買おうか、なにに使おうかとあれこれ考えているうちに、先生のお顔がふっと目の前に浮びました。こうして給料をいただけたのも、もとはといえば先生のおかげです。まず、先生にこの初給料でなにかお礼をとおもい、今日はお休みでしたのでデパートへ行き、ネクタイとタイピンセットを先生のところへ送ってもらうよう手配しました。先生がときどき着ていらっしゃった茶色の背広に合せたつもりですが、すこし地味すぎたかもしれません。でも、もし地味だったとしたら、船山社長の責任です。じつは今日、社長がわたしにずうっとついてくださっていたのです。そしてわたしがなにか選ぶたびに「おい、それは上野には派手すぎるよ」といちいちそばから言葉をさしはさむのです。そういったことがたびかさなるうちにわたしの見立て、だんだん地味なものになっていってしまって——。とにかくありがとうございました。ご自愛くださいますように。

四月二十九日　　　　柏木幸子

上野啓一先生

8

恋人ができたんだって。おめでとう。それにしても今日のおみつの手紙、でれでれの文章ばかりだったわよ。ずいぶんのろけていたわね。その仕返しというわけじゃないけど、じつはわたしにも好きな人がいないわけではないんだ。その人は仕事の鬼。ハンサムでもないし、スタイルがいいわけでもない。でも、親切なの。ときどき、その人と部屋で二人きりになることがあるの。そのときはもう胸がきゅっと痛んで、ソロバンなんか間違えてばかりいる。それからお茶を運んで行くと、それを引っくり返してしまったり。ただ、悲しいことにその人には家庭がある。そしてもっと悲しいことに、その人はわたしのこの気持をまだ知らない。つまり悲しい片想いなのでーす。

おみつの恋がうまく成就するように祈ってます。

五月二十三日　　　　　　　　お幸より

光代様

9

お父さんを玄関の土間に叩きつけてしまった、そのとき、なんだか死んでしまいたくなったという手紙、なんども繰返し読みました。「おやじが殴り返してくれたら、あべこべにぼくを土間に叩きつけてくれたら、とても勝手な言い草だけど、ぼくはおやじと仲直り出来ただろう。でも、おやじに勝ってしまったからおしまいだ。おやじとぼくはこの殴り合いで、もう一生、仇敵同士になってしまった。だいたい、おやじはぼくを絶対に許さないはずだ」という弘の気持、よくわかります。

お姉ちゃんもじつはお母さんともう仲直りできません。一生、このままでしょう。というのは、お姉ちゃん、去年の暮、ある夜おそく、お母さんがお父さんと一緒に寝ているのを見てしまったのです。仲がいいのならわかります。夫婦だもの、ひとつの布団で裸で抱き合って寝るのは当り前よね。でも、昼間はたがいにひとことも口をきかないくせに、ぞっとするような冷たい目で睨み合っているのに、そうして、そうすることでお姉ちゃんや弘にいやなおもいをさせているのに、夜になると酒くさいお父さんに抱きついている。とてもいやな光景だった。胸がむかむかして、お姉ちゃんはそのとき吐いてしまったわ。なんて汚いんだろうとおもった。――そのとき、お姉ちゃんは家を出る決心をしたのです。お父さんを憎むのなら最後の最後まで憎み通せばいいんだ。

弘が家を出たいとおもう気持もよくわかるわ。でも、もう二、三日待って。社長に、弟を使っていただけませんか、って頼んでみるから。同じ家を出るにしても、ひとりぼっちで暮すよりはお姉ちゃんと一緒のほうがいいでしょ。社長さんとの話し合いがうまくついたら、葉書を出します。そうね、文面は『別便で弘のためにジーパンを二本送りました』とでもしておこうかしら。葉書にそう書いてあったら、こっそり家を出てきなさい。五千円入れておきます。そのときのための汽車賃だからそのつもりで。

六月六日　　　　　　　　幸　子

かわいそうな弘へ

10

おねがいしたいことがあります。一生のおねがいです。おいそがしいのにもうしわけありませんけれど、わたしのために三十分だけ時間をくださいませんでしょうか。今夜十一時、事務室で待っております。ちょっと遅すぎる時刻かもしれません。でも、他の人に聞かれたくないのです。

六月六日午後四時　柏木幸子

社長様

11

別便で弘のためにジーパンを二本送りました。

六月八日　幸子

弘へ

12

お父さん、お母さん。弘は社長の口ききで上野駅近くのクリーニング屋で働いていますからご安心ください。電話でも言いましたけど、これでいいのじゃないかとおもいます。クリーニング屋のご主人が話のわかる人で、弘はそこから定時制の高校へ通うことになるはずですし、なんの心配もいりません。わたしたちのことより、自分たちの問題へもっと頭を向けてください。弘を迎えになど絶対に来ないで。わたしはもう子どもではありません。自分たちのことは自分で処理できます。

六月十五日　　　　　　　　　　幸子

ご両親様

なお、今日からわたしの住所が変ります。立石駅前の第二船山ビルへ移ります。わたし、そのビルのレストラン『舵輪《だりん》』の責任者になったのです。開店は五日後です。落ち着いたら近くにアパートでも探すつもりでおります。

13

おみつ、しばらくごぶさたしました。ごめんなさい。このひと月、忙しくて忙しくて、おみつのこと、すっかり忘れてしまっていた。今日、青戸からこっちへおみつの手紙がまわってきて「あ、いけない」って、ひさしぶりにあなたのことをおもいだした次第。なにしろ、大抜擢されちゃったの、それでてんてこ舞いのしどおし。わたし、これでも今では席数三五のレストランの責任者よ。といっても仕事は主に売り上げの計算だけど。お客様のお相手をしなければならないので、このごろ、お化粧をしてます。髪の型も変えました。だから鏡をみるたび「おや?」と足をとめてしまう。「この美人、どこの、だれかしら」なんて。ま、それは冗談だけど、張り切っていますよ。

ところで、今日の手紙に、あなたは「片想いの相手は社長さんでしょう」と書いていたけど、どうしてわかったのかしら。わたしがわかるように書いてしまったのだろうか。どっちでもいいけど、もう片想いはやめました。どうせ想うなら相思相愛でなくっちゃいやだもの。社長さんはとても可哀想です。奥さんが焼餅やきで浪費家で、情なしなんだって。社長さんはときどき「あいつ、死ぬといい」なんて呟いていることがあるの。このあいだは子どもの写真を眺めながらポロポロと涙をこぼしていた。「この子たちさえいなければ、おれはなにもかも捨てて、どこか遠いところへ駆け落ちしてしまうのだけどねえ」

彼の駆け落ちの相手がだれだかわかるかな。おみつはかんがいいんだから、答を書く必要はないわね。ではあなたの恋人によろしく。

六月二十七日　　　　　　　　　幸　子

光代様

14

いま、朝の八時半です。もうそろそろお店へ出かけなくてはなりません。あなたを起そうとおもったのですけれど、あまりよく眠っていらっしゃるので、わたし、ひと足先にここを出ることにしました。ちょっと心細いけど仕方がありません。

昨夜、あなたはとうとう、千葉の船橋にもうひとつレジャービルをつくってそこへ単身で赴任し、ご家族と別居して、二人で暮そうっておっしゃってくださいました。幸子はうれしくて泣きました。でも、うれしいさなかにふっと急に不安が押し寄せてくるんです。あなたはいまのところはやはり奥様のご主人です。目がさめればここからまっすぐ家へお帰りになる。そして、わたしにしてくださったと同じことを奥様にもきっとなさるはずです。それをおもうと気が狂いそうになります。おねがい、奥様とは決して「浮気」をしないで。あなたはわたしと逢うたびに「女房の顔を見るのもいやだ」とおっしゃいます。だから、これは無理な注文じゃないでしょう?

こんなはしたないことを書いてごめんなさい。でも、このことを書かずにここを出て行く気にはどうしてもなれないんです。

それからもうひとつおねがい。船橋にビルが建つまで、あなたと逢う場所がずーっと、このようなラブ・ホテルの一室っていうの、わたし、いやです。あなたがみえたら、あなたのお茶碗にお茶を注いであげたい、あなたの浴衣、あなたの下着をタンスからさっと出して着せてあげたい。それに他人の汗のしみこんだ布団もいや。せまくてもいいですから、小岩か柴又あたりにアパートを借りてくださいませんか。それに第一、お金がもったいないですよ。このひと月に二〇回以上はラブ・ホテルを利用しているでしょ。三〇万はかかっているはずです。三〇万！　気の遠くなるようなお金です。六畳でも、四畳半でもいいから、アパートを借りましょう。毎晩のように外出しているので第二船山ビルの寮の人たちも、このごろわたしを変な目で見るようになりましたし……。

あなたの安らかな寝顔を眺めながら、この手紙を書きました。夕方また事務所へお電話します。

七月四日朝九時　　幸　子

太一様

15

暑い日が続いております。おかわりありませんでしょうか。弘もわたしもあいかわらず元気で働いておりますのでご安心ください。

さて、いま金沢にきています。社長の代理で、人と会う仕事があったのです。近いうちにそちらに金沢の銘菓「長生殿」が配送されると思いますが、どうか召し上ってください。お中元の心積りなのです。

暑さはいよいよこれからです。ご健康にはくれぐれもご留意くださいますように。

七月十日　　金沢にて　幸　子

ご両親様

16

暑さが急に加わってきましたが、先生おかわりございませんか、お伺い申しあげます。先生に手紙をさしあげなくてはと心にかかりながらも、その日その日の仕事に追われてついご無沙汰してしまいました。でも、元気でやっています。いま仕事で金沢にいるのですが、ふと先生が甘党だったことをおもいだし、金沢のお菓子を送らせました。どうか味をためしてみてください。長生殿というお菓子ですけど、けっこう行《い》けるようです。では、お身体に気をつけて。

七月十日　　柏木幸子

上野啓一先生

17

おみつ、わたし、いま金沢にいます。あの人といっしょなんです。わたしは昨日の朝、あの人は昨日の午後、別々に東京を出て、昨夜おそく能登の珠洲《すず》温泉で落ち合いました。そして、今日、金沢へ出てきたってわけ。あの人は金沢に二時間ばかりいただけで東京へ帰りました。帰したくはなかったけど、奥さんが見張っていますからね、涙をのんでひとりここにのこりました。金沢は暑くて閉口。

あなたはこのあいだの手紙で来年の春に彼と婚約し、秋には挙式って書いてたわね。ひょっとしたら、わたしの方が一足お先ということになるかもしれないな。あの人は来春までには船橋にビルを建てるつもりでいるから。ビルが建ったら、彼は家族と別居するの、そしてかわりにわたしが一緒に住む。むろん、そのときは奥さんとごたごたの最中でしょうし、籍もすぐには入れてもらえないだろうけど、おみつ、そのときは船橋へきっと遊びにきてね。わたしの若奥様ぶりを見せてあげるわ。覚悟々々。

金沢のお菓子を送らせたわ。彼とたべてちょうだいね。

七月十日

お幸より

光代様

18

弘にまで心配かけてごめんなさい。わたしと社長のことが噂になってしまって、さぞやきもきしていることだろうとおもいます。でも、噂は本当です。お姉ちゃんは社長を命賭けで愛しています。そして……、それだけです。いい答が出るまでじっと見ていてください。

七月二十一日　　　　　　　　幸子

弘へ

19

いまのお姉ちゃんの気持、弘には理解できないかもしれない、でもどうか最後までこの手紙を読んでください。おねがいします。

じつは、今朝、奥さんから突然、電話がかかってきました。

「話したいことがあるから、午前十時までに家へおいで」

奥さんの声は平静そのもので、なんだか余裕綽々《しゃくしゃく》という感じでした。お姉ちゃんはすこし不安になりました。社長は奥さんと仲直りしたのではないか、そんな気がしたからです。社長はわたしの前では、「女房とはこのふた月、三言《みこと》か四言《よこと》ぐらいしか口をきいていない」とか「顔を合せていると突然、あいつの首をしめてやりたくなることがある」とか、「あいつとは一日も早く別れたい」とか言います。このあいだは、

「おれもあいつが嫌だ、あいつもおれを憎んでいる。事情がこうはっきりしているのにどうしておれたちは別れようとしないのだろう。おれは意気地なしなのかなあ」

とも呟いていました。社長のこうした言葉をお姉ちゃんは、いまでも、信じています。けれどもやはり二人は夫婦です。子どももいます。仲直りすることだって考えられます。どうして奥さんはあんな平然とした声が出せるのだろう。社長の気持が変ってしまったのかしら、ぐらつきだしたのか、ああ、それを早くたしかめたい。

受話器をおくのも、もどかしくお姉ちゃんは立石のビルの寮をとびだしていました。そして、九時前にはもう社長の家に着いてしまったんです。いくらなんでもこれでは早すぎる。一時間、中川の堤防でもぶらぶらしてようとおもい門の前から引き返そうとすると、二階のあたりで奥さんの笑い声がしました。その笑い声は、弘にはわからないだろうけど、女が男を意識したときの、なんていうのか、性的な意味を持った笑い声だった。とたんにお姉ちゃんの足は門のなかに向って歩き出していました。お手伝さんはお勝手で朝御飯の後片付をしてた、坊っちゃんは夏休みの塾へ出かけていない、お嬢さんは庭で遊んでいる、そこでだれにも見つからずにお姉ちゃんは二階にあがることができました。

でも、そのときお姉ちゃんが二階で見たのは、地獄だった。奥さんはどこかへお出かけなのか夏ものの着物を身につけているところでした。社長はその奥さんのために帯をしめてあげていました。

「だめよ、そんなに強く締めては。おなかの赤ちゃんが苦しがるわよ」

「まだ、二ヵ月にもなっていないんだろ。平気だよ」

「だめだめ。……あ、そうか、わかったわ。ひょっとしたら、あなた、おなかの赤ちゃんもろとも、わたしを締め殺そうっていうんじゃないの」

「まさか」

「だってわたしがいなければ、あの小娘と一緒になれるじゃない」

「そのことはもう言わないでくれよ」

社長はうしろから奥さんを抱きました。

「な、たのむからおれと別れないでくれ。好きなのはおまえだけなんだ」

「うそうそ」

「男は好きでなくとも女を抱けるんだよ。いくらでも何十人でも抱ける。あの娘《こ》もその『何十人』のうちのひとりにしかすぎない。しかし、女房は……」

「いいのよ、べつにあなたに好かれなくても。ただ、わたしはここを手離さない。死んでも。それだけ」

「わかっているとも。おれだってこの家庭をこわしたくない。あの娘《こ》にもそれをはっきりと言うつもりだ」

「間もなくあの娘がここへやってくるけど、ほんとうにそう言えるの」

「ああ、言うよ。それよりおまえ、ここでちょっと……」

「まあ、せっかく帯まで締めたのに」

このあとのこと、お姉ちゃんにはとても書く勇気はありません。あの夫婦は……、お姉ちゃんと五メートルも離れないところで夫婦になったのです。

「最近、女房の身体には指を触れたこともない」と社長は口ぐせのように言っていた。それなのに奥さんは妊娠している。これはショックでした。「好きなのはおまえだけ。あの小娘は浮気の相手のひとり」という言葉もショックでした。でもなによりもお姉ちゃんにとって衝撃だったのは、夫婦の、そのお義理の営みでした。いつか見たお父さんやお母さんたちのそれと同じ。お姉ちゃんはそのことに命を賭けていた。同じそのことを夫婦たちは事務的にやっている。そして、命賭けのほうがお義理よりもずっと軽んじられる。それがたまらなかったのです。

お姉ちゃんは表へ出ました。お嬢ちゃんが、

「遊ぼうよ」

と、ついてきました。

お姉ちゃんは「だめ」と断わる気力もなかったみたいです。ただぼんやりと中川へ向って歩いて行きました。そして、堤防に腰をおろしました。

「なにかして遊ぼう」

お嬢さんがうるさくせがみました。

「お家へお帰りなさい。お姉ちゃん、ちょっと考えごとがあるから」

「わあ、こわい目」

お嬢さんが囃しました。

「やっぱり悪魔だ。パパとママがお姉ちゃんのこと、悪魔っていってたけど、本当なんだわ。あたし、帰ろうっと」

弘、お姉ちゃんにはそのあとの記憶がありません。気がついたとき、お嬢さんはお姉ちゃんの腕のなかでぐったりしていました。そしてお姉ちゃんの親指はお嬢さんののどにしっかりと喰い込んでいて……。

弘、ごめんなさい。お姉ちゃんにはもう、弘の将来のことを考えてあげる余裕はないのです。お姉ちゃんはお嬢さんのあとをできるだけはやく追わなければなりません。弘、がんばってね。

七月二十八日午前十一時三十分　幸子
弘へ

20

差し入れありがとう。感謝しています。でも弘の行方は探さないでください。放っておいて。おねがいですから。

九月一日

東京拘置所にて　柏木幸子

三田光代様

葬送歌

1

突然このようなお手紙をさしあげる不躾をお許しください。わたしは東京の或る私立女子大の国文科に学ぶ劇作家志望の二十一歳の女性です。この新年休みにさる作家の短い小説を基に二十枚足らずのスケッチを書きあげました。はじめは自信がなかったのですけれど、書きあげて一週間ほどたって読み返しましたら、うまく行っていない個所は多々あるにしても、そんなに悪い出来ではないな、と思い直しはじめました。同級生にわたしと同じように戯曲を書いているお友だちがおりますので、彼女にも読んでもらいましたところ、

「これはひょっとしたら大傑作かもしれないわよ。うちの学校の演劇部の連中に読ませてもいいかしら」

清書もしてありますから、そうお手間はとらせないはずです。そしてできましたら、先生のご感想をおきかせくださいませ。先生に気に入っていただけないようでしたら上演はとりやめてもらいます。もし先生がほめてくださったら、そのお言葉を宣伝チラシに

と持って行ってしまいました。

そして今日、演劇部の部長から返事を貰いました。

「登場人物は女性二人だし、装置《セット》もほとんどいらないようだし、台詞《せりふ》もよく書けている。四月の新入生歓迎週間《フレッシュマン・ウィーク》に五日間、上演させてもらいたいのだけれど……」

ふたつ返事でこの申し込みを承諾しました。ところが、こんどはだんだん不安になってきたんです。そうして、二度三度と読み返すにつれて、この作品がいいものやら悪いものやらわからなくなってしまったのです。考えあぐねた末、小説のほかにもたくさんの戯曲を書いていらっしゃる先生にお手紙を差しあげることを思いつきました。先生の作品はよく読んでおりますし、いいえ、よく読んでいるどころではありません、先生に私淑しているといってもいいくらいなのです。先生がいい意味で気むずかし屋で、愛読者には門前払いをくわせ、ファンレターは握りつぶし、ファンレターに同封されている返信用切手を猫ばば（お怒りにならないでください、ある文学雑誌の文壇ゴシップ欄に載っていた先生への評語をただ借用しただけですから）なさることは知っています。でもお願いです、どうかわたしのこの戯曲をお読みください。二十枚足らずの小品ですし、

引用させていただくつもりでおります。
図々しいお願いばかり書き連ねました。お許しください。なお、同封しました戯曲の題名は『帰らぬ子のための葬送歌』というのですけれど、すこし長すぎるでしょうか。
一月十八日　　　　　　　　　　　小林文子
中野慶一郎先生

帰らぬ子のための葬送歌

登場人物
老　母
未婚婦人

一脚の木製ベンチがあればこの劇はどこででも上演される。
遠くで鐘が鳴っている。老母が角巻《かくまき》をかぶってベンチに腰をおろしている。

老母　……ああ、小学校の朝八時の始業の鐘が鳴っている。下りの一番列車が、もう、吹雪の中を町境のトンネルに向って走っているころだろう。トンネルをくぐり抜けてしまえばもうこの町だよ。あと五分もするとおまえを乗せた列車が、大きな雪掻きのついたラッセル車に引っ張られて、わたしの前に滑り込んでくるんだね。どんなに待ったか、かあさんがどんな思いでおまえを待っていたか、おまえにわかるかしら。なにしろおまえの顔をみるのは一年ぶりなのだからねえ。だけど、かあさんはあまりうれしくはない。それどころか悲しいぐらいだよ。おまえは友だちを、仲間を裏切って、卑怯者になって帰ってくるのだから。わたしは卑怯者を生んだおぼえも、弱虫に育てたおぼえもない。

　おまえが捕まったときはこの町でもたいへんな騒ぎがおこってね。こんな田舎まで新聞社や雑誌社の人が押しかけてきて、かあさんを一週間も追いかけまわしたんだよ。おまえのやることは幼《ちいさ》いときから危っかしくて見てはいられなかったものだけど、とうとう飛んでもないことをしでかしてしまったね。でも、かあさんはそのことを責めようとは思わない。おまえはおえらがたたちを爆弾で吹き飛ばしてしまえば、それで世の中のことはなにもかもうまく行くと信じていたようだね。せっかちな子だよ、ほんとうに。そのあげくおまえは五人の仲間と捕まってしまった。いえ、かあさんはおまえが捕まったことを責めているんじゃない。警察の人たちだって遊んでいるわけではなし、いずれそのうち捕まるだろうとは思っていた。それにかあさんだって、爆弾で吹き飛ばせば世の中のいざこざはたいてい決まりがつくなんてことを考えている人たちが野放しになっているのは物騒だと思うし、おまえが捕まってほっとしたところもすこしはあった。けれどねえ、おまえ、おまえだって爆弾を投げるからには捕まるのは覚悟の上だったのだろう。そしてほかの五人の仲間も、そうだったのだろう。それなのに捕まったら、弱音を吐いてなにもかも白状し、捕まらなかったほかの友だちを裏切るなんて、どうしておまえはそんな臆病者になってしまったのかしらねえ。たしかにおまえは悪いことをしたのかもしれない。だから他《ほか》の人たちからみれば、おまえが洗いざらい白状したってことはよろこぶべきことだろうし、おまえの白状したことで、おまえたちの結社の親玉さんがお縄をちょうだいするってことにでもなればそれでもう大安心ってことになるだろう。そしておまえは特別に許されて帰ってくる、白状したおかげでね。でもわたしはちっともうれしくないよ、おまえが臆病で、卑怯だから。

おまえは、わたしに孝行をしたいと思ったらそのとたんに生命が惜しくなって白状したんだそうだね、この町の警察署長さんがそう言ってなさったよ。よしておくれ。わたしは不仕合せには慣れているんだよ。子どものときにはだれにも相手にされず、娘時代にはたちの悪い誘惑ばかり出っくわし、おまえのとうさんと一緒になったらとうさんは三年もしないうちに死んでしまう。おまえは朝から晩まで泣く……。もうこれ以上どうしようもないと何度も思いつめたものだった。でもね、この世の中にはどうにもならない不仕合せなぞない。その証拠にわたしはこうやってちゃんと不仕合せを耐えてきたのだからね。それなのにおまえは「母をこれ以上、不幸にしたくはない。いっときもはやく前非を悔いて、これからは母に孝行したい」と言ったそうじゃないか。ごめんですよ、そんな親孝行はことわります。たとえ悪いことを仕出かしてもそれを世の中のためになることだと信じ、その信念を貫いて男らしく死んでいった、そういう息子を持ちたかった。そういう男らしい息子の思い出を持つことができたらかあさんのこれからの暮しにもどんなにか張りが出たことだろう。おまえは卑怯な真似をしてかあさんから生きる張りをとって行ってしまった……

汽笛が近づく。

でも、おまえはほんとうに今朝の下りの一番に乗っているのかい。かあさんは三日前から朝になるとこうして停車場の腰掛でおまえの帰りを待っているんだよ。おまえはきっと骨と皮に痩せてしまっているだろうねえ。帰ったらまずたっぷり眠ることだね。世間様の言うことなど気にせずにのんびりとやることだよ。新聞が書かなくなればそれでおしまいなのだから。そのうち気が向いたら畠にでも出ておくれ。いいかい、おまえはこれから土を相手に生きて行くんだよ。人間を相手にしてはいけない。

汽笛がすぐ近くまでやってくる。

ほんとうに乗っているのかい。今朝はほんとうに帰ってきてくれるんだろうね。なんのかんのと言ったっておまえが帰ってきてくれればかあさんはうれしい。そう、あれは半年も前のことだった。かあさんもおまえが東京で地道な仕事をしていると信じていたころ、おまえは手紙に写真を一枚入れて送ってくれたことがあったねえ。きれいな娘さんと並んで撮《と》れてたじゃないか。「かあさん、この人は、つまり早く言うとおかあさんの義理の娘になるかもしれない女性です」なんてずいぶん照れて書いていたっけね。あの娘さんはどうしているかしら。おまえがあんまり突拍子もないことを仕出かしたので呆れて愛想づかしをしたんだろう。娘にとっては平凡なだんなさんがいちばん確かでいいんだものね。

機関車が近づいて停まる音。

さあ、今朝こそ降りてきておくれ。

老母は上手を凝視している。

今朝もおまえが降りてこなかったら、また明日の朝までかあさんはどう時間をやりすごしたらいいのだろう。

機関車が近づいて停まる音。老母は上手を凝視している。やがて汽笛が鳴る。老母は深く肩を落す。

今朝もおまえは帰ってこなかった。娘さんがひとり、淋しそうにうつむいて降りただけだった。……さあ、なんとか気を取り直して明日の朝まで待とう。かあさんはなにがなんだかわからなくなってしまった。最初の朝はおまえのような卑怯者を決して迎えには出まいと思っていた。もっともしまいにはここへ来てしまったけれどもね。昨日の朝は、おまえのことを幼いときよくやったように思い切り力まかせにひっぱたいてやろうと思っていた。だけど昨夜《ゆうべ》は眠られなかった。新聞におまえが自白して許されたと出てからもう三日もたつのだから明日の朝はきっと帰ってくるだろう、そう考えると心臓は躍る、口は渇くでねえ。もうかあさんはなにも言わないつもりだよ。

おまえを黙って抱きしめてあげよう。抱きしめたまま二度と離すまい。他人様は他人様さ、おまえさえ生きていてくれたら他のだれが死のうと殺されようと構いやしない、わたしたちはこれからずっと一緒に暮して行けるのだから。おまえとは二度と会えないと思っていた頃の、あの重っ苦しい気持にくらべると、いまは神様や仏様からあと百年は生かしてあげようというお約束をいただいたような気がしているんだよ。なにせ、わたしたちには明日というものがそっくり残っているのだからね。おお、また吹雪《ふぶ》きだした。さあ、畠に行って麦を踏まなくちゃ。おまえのことを考えながら麦を踏んでくるよ。春になり、やがて初夏になったらおまえとふたりで麦を刈ろうね。

上手から未婚婦人がおずおずと現われる。首から、白く四角な包みをさげている。

未婚婦人　あのう、ちょっとおたずねします。
老母　はい。わたしで用が足りればいいが……
未婚婦人　吉川さんのお家をごぞんじでしょうか。だいたいの見当はつくのですけれど、こんなふうに。(詩でも朗読するような口調で) 停車場《ば》を背にして左へ曲る。停車場からでもその丘の上の一軒家は見えるけれども、その左への道を少し行くとポプラ並木の向うにこんどこそはっきりと見えるだろう……

老母　あなたはわたしをからかっているようですね。それだけ知っていなさるのならひとりでも行けますよ。

未婚婦人　でも、どこも一面の雪でちっとも見当がつかないのです。こんなにたくさんの雪、生れてはじめて見ましたわ。

老母　あんたの言われたように、ほら、ここから見えますよ。あの丘の上の小さな家。わたしの指先をたどってごらんなさい。

未婚婦人　あ、わかりました。あのう、いまお伺いしたら吉川さんのお母さんにお会いできるでしょうか。

老母　むこうへ行ったのでは会えないでしょうねえ。

未婚婦人　じゃあどこへ行ったらお会いできるでしょうか。わたし、とても急いでいるものですから。八時二十分の上り列車に乗らないと……

老母　八時二十分の上りというともうそんなに時間はありませんねえ。

未婚婦人　はい。……あのう、吉川さんのおかあさんにお目にかかるにはどこへ行ったらよろしいでしょう。

老母　わたしがそうですよ。太郎がいつかあなたと並んで写っている写真を送ってくれたことがありますよ。それでぴんときたんですよ。

未婚婦人　……あなたが太郎さんのおかあさん。
老母　わたしは太郎の帰るのを待っていたところでね、なんとなく浮き浮きしていたのでしょう、あなたにふざけたりして。でも、わたしにはわかっていましたよ、あなたがうちの太郎を好いていてくださるってことを。太郎と一緒にいつかあなたもわたしのところへやって来なさるにちがいない、そして親子三人が心を通わせあって暮して行く、そんな日がきっと来るにちがいないということを、あの写真を見たときからわかっていましたよ。
未婚婦人　……太郎さんをお連れしてきました。
老母　あの子を？　あの子はどこにいるの。
未婚婦人　（首からさげた白い箱を老母にさしだして）この四角な箱の中に太郎さんが眠っています。
老母　これがあの子……？
未婚婦人　あの人は死にました。
老母　な、なぜ。いつですか。
未婚婦人　一昨日《おととい》の朝。
老母　でも、新聞にはあの子は許された、と。
未婚婦人　新聞は警察の偽《にせ》の発表をそれとは知らずに、あるいは意識的に載せたという噂がありました。政府は結社社員を一刻もはやく捕まえるためにわざと嘘の発表を新聞に流し、新聞を読んだ結社の他の人たちが、捕まった仲間はなにもかも洗いざらい喋ってしまったにちがいないと考えて動揺するのを狙っていたのです。政府のこのやり口は成功しましたわ。昨日一日で七人もの結社員が慌てて動き出したせいで捕まってしまいました。

老母　（白い箱を抱きしめ）なんてあの子は軽くなってしまったんだろう。

未婚婦人　一昨日の午後おそく警察からわたしたちの工場へ、太郎さんの遺体を引き取りにくるように、という連絡がありました。かかわりあいになるのをおそれてだれも引き取りに行こうとはしませんでした。……わたしは太郎さんと同じ工場で働いていたんです。あの人をそのまま放っておくことは、他の人にはできてもわたしにはとてもできませんでした。

老母　でも、あの子はどんなふうに死んだのだろう。

未婚婦人　警察の命令で太郎さんの軀はすぐに焼かれてしまいました。でも、わたしはちょっとだけ太郎さんの死顔を……

老母　……見た？

未婚婦人　はい。筵《むしろ》の下であの人の顔は紫色に腫れあがり、手足は充血し、むくみ、その上、血にまみれていました。あの人はなぶり殺しにされたんです。警察の人はチフスで死んだのだと言い、死亡証明書もくれました。そして伝染病で死んだのだから死体はすぐに焼かなければならない、などと言っていました。でも、わたしにはわかっています。あの人はひどい責め方をされたのです。

老母　（深い悲しみのうちにも誇りをとりもどし）わたしにはわかっていた。あの子は仲間を裏切って自分だけは助かろうなんていう卑怯な男ではなかった。そうでしょう、もし卑怯な男だったらそんなふうになるまで辛抱できなかったでしょうから。

未婚婦人　あの人は歯を喰いしばって一言も喋らずに死んでいったんです。

老母　……おまえは強い男としてりっぱに死んだんだね。わたしにはこの報せが悲しい報せなのかどうか、まだわからない。ひと月すぎ、半年すぎ、一年すぎてからわたしは悲しみはじめるだろう。でも、おまえが立派な、勇気のある人間だったということがそのときわたしを慰めてくれるだろう。

遠くで汽笛。

ああ、もう上り列車がやってくる。あなたのために、わたしはなにもできなかったようだねえ。

未婚婦人　いいえ。太郎さんがいつも言っていたこの町を、それも雪のこの町を見ることができて、それだけでもよかったとおもいます。それにおかあさんにもお会いできましたし……。太郎さんたちが首相の車に爆弾を投げつけたときのことを、実際に見た人から聞いて、わたしにはこうなることがわかっていました。警官たちはあの人たちを丸裸にして警察まで歩かせたんだそうです。

老母　丸裸で？

未婚婦人　途中で逃げられないための用意だろう、とその人は言ってました。あの人たちは見世物のように引き立てられて行ったんです。

老母　ちいさいとき、あの子は学校から帰るとすぐ素っ裸になって、あの麦畠を横切ってポプラ並木に沿って流れる川まで泳ぎに行ったものでしたよ。なぜ、素っ裸になったのかわかりますか。

未婚婦人　……

老母　服を汚してわたしに世話をやかせたくなかったのです。今度もたぶん、わたしに世話をやかせたくなかった……

老母は未婚婦人に右手を差し伸べる。未婚婦人はその手をしっかりと握り返す。

やわらかな手だこと。工場ではどんな仕事をしなさっているのだろう。

未婚婦人　石けんを一分間に十二個ずつ包んでいます。でも、わたしはもう工場へは戻りませんわ。太郎さんの恋人だった、というだけなら工場でもなんとか大目にみて置いてやろうって胆《はら》だったらしいんです。でも、一昨日《おととい》、太郎さんを引き取りに行くと言い出したら、工場長がどうしてもそうしたいのならまず工場を辞めてもらおうと言うのです。……わたしは工場を辞めました。あの人を放っておくことができなかったんです。

老母　これからどうなさるのです。

未婚婦人　わかりません。でもなんとかなります、わたしひとりぐらいなら。

老母　わたしのところへ来なさるつもりはないかしら。せまい家だけど、きっと太郎がよろこんでくれますよ。

汽笛が近づいてくる。

未婚婦人　東京へ帰ります。あの人と一緒に捕まった他の人たちの世話をしてあげなくては。

老母　そうだねえ。それにあなたはまだ若いんだし……。

汽車が入ってくる気配。

老母　さ、もう行かないと。いつでも気が向いたらたずねてきてくださいよ。

未婚婦人　いつかきっと。わたしはこんなにたくさんの雪の中で暮したいといつも思っていたんです。さようなら。

老母　あ、待ってください。

老母は箱をベンチの上に置き、角巻を脱ぎ、未婚婦人の肩にかけてやる。

老母　この角巻をあげますよ。

未婚婦人　おかあさんが困ります。それに東京はここにくらべたらずっとしのぎやすいんです。

老母　着古した角巻ですけどね、なにかの役には立ちますよ。このあたりでは息子が嫁を貰ったら、その嫁に姑が角巻を贈るというならわしがあるの。

未婚婦人　とてもあったかですわ。

未婚婦人は角巻を羽織って上手に去る。老母は見送る。短い間。やがて汽笛。遠ざかって行く列車。老母は四角い箱をしっかりと抱いて立っている。

老母 さあ、おまえ、あの娘さんを見送っておあげ。おまえはわたしと一緒だけれど、あの娘さんはひとりで行ってしまった。でもあの娘さんのことだもの、心配はいらないだろう。わたしだって大丈夫。子どものころは誰にも相手にされず、娘時代にはたちの悪い誘惑にあい、夫に死にわかれ息子に先立たれ……、それでもかあさんは不仕合せじゃない。おまえが立派な人間だったから。さあ、わたしはおまえを抱いて麦を踏もう、かあさんの麦はのびるだろう。

遠くで汽笛。それをきっかけにゆっくりと暗くなり、幕。

2

わたしは筆不精で原稿用紙に文字を書く以外、メモ用紙に心憶えを記すのさえ億劫で仕方がないのだが、あなたの戯曲を拝見し、非常に腹が立ち、それでペンをとりました。率直に申しあげて、あなたには才能がない。これだけははっきりしている。才能がないのに劇作家を志すのは、まさに裸で地獄の焦熱炉にとび込むようなものです。それよりも平凡に、仕合せに生きることを心掛けなさい。あなたに才能もなにもない証拠は戯曲のいたるところに散見されるが、とりわけどうにもならないのは、戯曲全体を覆う、救いがたい感傷性である。言葉をかえていえば甘い、甘すぎる。だいたい、田舎の老婆がこんな上っ調子のきれいごとを言うだろうか。前半部分の長台詞にも閉口した。

また、相当、雪が降り積っている様子なのに、つまり根雪らしいのに、麦踏みというのはあり得ない。あなたは根雪というのを見たことがないらしいので一言書きつけておくが、雪が一米《メートル》から一米五〇糎《センチ》も積って消えず、しかも雪自体の重みによって雪の底がほとんど岩盤のように堅くなっている状態、これが根雪である。その上で相撲をとろうがはねまわろうが雪の底はびくともしないのである。このような地方で〔麦踏み〕なぞあり得るだろうか。

さらに、この息子は首相の車に爆弾を投げつけて捕まったらしいが、かかる重大犯が〔仲間のアジトを白状すれば釈放される〕という設定はどう考えてもおかしい。裁判を受け、その裁判で無罪の判決でも受けぬかぎり、そう簡単に釈放はされないだろう。この息子は拷問によって殺されたと思われるが、いかに警察が、ある時期、ひどい思想取締りをしたとはいえ、死体を家族に引き渡す前に焼いてしまうというのは乱暴すぎる。加えて、このような場合、死体の引取り手はこの〔おかあさん〕であるべきで、未婚婦人がいかに出しゃばり女でも、これはあまりにも現実を無視した出しゃばり方だろう。もっとよく調べて書くべきだ。

このほかにも、論理の矛盾がいたるところにある。未婚婦人は首から白い箱をさげて登場する。白い箱はかなり人目につくはずで、老母が、長い間、これを〔骨箱〕だと気づかぬのも信じられないほどの不自然さである。だいたい〔下りの一番列車が午前八時〕というのは都会の発想であって、たいていは六時三十分から七時までの間に一番列車はやってくる。地方人はみな早起きなのだ。未婚婦人は〔八時の下り列車で着き、八時二十分の上りで帰京する〕つもりでいるらしいが、これなどは無神経もはなはだしい。なんとなれば未婚婦人は駅頭で老母に遇えるなどとは思っていないはずであり、本来は〔駅から吉川家へ行き――母親に恋人の骨を渡し――また吉川家から駅へ戻る〕という計画を立てていたはずである。これを二十分間ですませられるとはだれが考えるだろうか。すなわち、未婚婦人が八時二十分の上り列車に固執する理由はなにもないので、普通なら一晩泊るか、どんなに早いトンボ返りでもその日の夕方の上り最終列車に乗るのが計画としては妥当である。なのになぜ八時二十分の上り列車にこの未婚婦人はこだわるのか。答はひとつしかない。作者のあなたが、この短い一幕劇の幕切れを角巻の受け渡しでしめくくりたいからなのだ。つまり作者の都合で、登場人物たちは動いているわけで、そんなことでは決して観客はこの劇につき合ってくれやせぬだろう。

書いているうちにますます腹が立ってきた。いったいあなたにはどういう権利があってこのようなひどいものをわたしに読ませようとするのか。甘ったれるのもいい加減にしてほしい。さあれ、わたしはここに責任をもって断言しよう。あなたには才能がない。演劇部長には上演許可を出してはいけません。

一月二十一日朝　　中野慶一郎

小林文子殿

3

前便を投函し、ついでに家の近くを散歩しているうちに、ある疑念が湧いてきた。あなたは、あの戯曲を、さる作家の小品を基にして書いたと言っていたが、その作家というのはひょっとしたらこのわたしではないだろうか。わたしには小説書きの専業になる前に、小さな同人雑誌に所属して、掌篇を十数篇ばかり書いていたことがある。それは昭和十年前後のことで、そのころわたしは大学に通っていた。つまらぬものしか書けぬので作家になるのを諦め、戦後まで新聞記者をして生計を立てていたのだが、この習作時代にあの戯曲と同じようなはなしの掌篇を書いたことがあったのでは……と思いはじめたのである。四十年も前のことで題名も思い出せない。むろん、戦災で家を焼かれ、その同人誌もない。がしかし、どうも同じようなことを書いた気がしきりとしてならぬ。いったいこれはどうなっているのか。

一月二十一日正午　　中野慶一郎

小林文子殿

4

先生、お手紙を二通もほんとうにありがとうございました。これで四月の新入生歓迎《フレッシュマン・》週間《ウィーク》にわたしたち国文科の有志が計画しております「中野慶一郎展」はきっと大成功だろうというめどがつきました。なにしろ、手紙ぎらい、色紙ぎらいの先生のお手紙を、二通も展示することができるのですから。

　半年前から先生には国文科の名前で、中野慶一郎展のためにご協力をいただきたい旨の手紙を返信料を同封して差しあげておりましたが、いつも梨のつぶてでした。なんとかして先生の筆蹟が欲しいと思い、出版社へもまいりましたが、なんでも先生は、印刷がすむと原稿を直ちに引き上げておしまいになるとのことで、これもだめでした。

　ところが、このあいだ高松市へ旅行したとき、偶然、立ち寄った古本屋で『汗』という、触るとこちらの手も黒く汚れてしまいそうな薄い煤だらけの古雑誌が目につきました。手の汚れるのがいやで、雑誌を台の上に置いたままで表紙をつまんでめくってみますと、目次に先生のお名前が載っておりました。もう雑誌の汚いことなど構ってはいられません。手にとって夢中で立ち読みしました。題は「角巻《かくまき》」というので、内容はほとんどこのあいだお送りした戯曲（？）と同じでした。そして読みながら、先生の手紙を手に入れるためにこの作品を使ってみようと思いついたのです。この小説をそっくり戯曲型式に移しかえて、先生の許へお送りすれば、きっとなにかの反応（それも手紙で）があるにちがいない、読み終ったときはこんな作戦が立っておりました。
結果としては先生をひっかけたかっこうになりましたけれど、どうぞお許しください。つまり、わたしたちはそれぐらい先生の筆蹟が欲しかったのです。四月下旬の中野慶一郎展にはぜひいらっしゃってください。お待ちいたしております。

一月二十四日

清心女子大学文学部国文科

「中野慶一郎展」準備委員会有志代表

小林文子

中野慶一郎先生

赤い手

1　出生届

(イ)　生れた子

氏　名　　前沢《まえさわ》良子《りょうこ》

父母との続柄　　非嫡出子（私生児）

生れたとき　　昭和二十年四月一日

生れたところ　　千葉県市川市北方町六－一　船山産婦人科病院

住民登録住所　　千葉県市川市北方町六－八　みどり荘3号

世帯主の氏名　　前沢ふみ

世帯主との続柄　　長　女

(ロ)　生れた子の父と母

父の氏名　　　　　　不　明
　父の生年月日　　　不　明
母の氏名　　　　　　前沢ふみ
　母の生年月日　　　大正八年九月十六日
(ハ)　生れた子の届出人
氏　名　　　　　　　船山喜八
生年月日　　　　　　明治三十五年五月二十九日
住　所　　　　　　　千葉県市川市北方町六－一
本籍地　　　　　　　同右
生れた子との関係　　取り上げた医師
　昭和二十年四月一日届出
　千葉県市川市長殿

2　死亡届

(イ)　死亡したもの
死亡したものの氏名　前沢ふみ
死亡したものの生年月日　大正八年九月十六日

死亡したとき　昭和二十年四月一日
死亡したところ　千葉県市川市北方町六－一　船山産婦人科病院
死亡したものの住所　千葉県市川市北方町六－八　みどり荘3号
死亡したものの本籍　千葉県長生郡一宮町岩井六七七一番地
死亡したものの夫または妻　なし
死亡したものの職業　洋裁内職

(ロ)　届出人

届出人氏名　船山喜八
届出人生年月日　明治三十五年五月二十九日
届出人住所　千葉県市川市北方町六－一
届出人本籍　同　右
届出人職業　産婦人科医師

昭和二十年四月一日届出

千葉県市川市長殿

3　死亡診断書

死亡者氏名　前沢ふみ

死亡者生年月日　大正八年九月十六日
死亡者死亡年月日時分　昭和二十年四月一日　午前七時〇三分
死亡の場所　千葉県市川市北方町六－一
死亡場所の種別　病院（船山産婦人科病院）
死亡の種類　病　死
死亡の原因　胎盤娩出後の弛緩出血

右の通り診断する

昭和二十年四月一日　千葉県市川市北方町六－一
（医師）　船山喜八　印

4　**転入届**

転入者氏名　前沢良子
生年月日　昭和二十年四月一日
本　籍　千葉県長生郡一宮町岩井六七七一番地
いままでの住所　千葉県市川市北方町六－一
いままでの世帯主　船山喜八
これからの住所　仙台市原町小田原安養寺下六五六　ベトレヘム天使園

これからの世帯主　マリア・エリザベート

昭和二十年十月四日

仙台市原町小田原安養寺下六五六

ベトレヘム天使園園長

マリア・エリザベート

仙台市長殿

5　欠席届

六年一組　前沢良子

天使園の子どもたちがいつもいつもたいへんお世話になっております。さて、前沢良子のことでございますが、両手両足に出来た赤切れがひどくなり、今朝はズック靴がはけません。本人はどうあっても学校に行くといってききませんが、歩けない子を行かせるわけにもまいらず、さんざん言いきかせて、今日は園でゆっくり休ませることにいたしました。一年のときからの皆勤記録が今日でおしまいになってしまうので、本人は泣いてあばれております。これから保母さんたちとお湯をわかし、そのお湯に大根をすりおろし、それに赤切れの手足を漬けてやろうとおもいます。保母さんの一人が山形県出身で、山形では赤切れをそうやって治すそうですけれど……。では、よろしくお願いいたします。

昭和三十一年十二月十四日

ベトレヘム天使園園長

マリア・エリザベート

仙台市立東仙台小学校長殿

6　洗礼証明書

受洗者氏名　前沢良子

受洗者生年月日　昭和二十年四月一日

受洗者住所　仙台市原町小田原安養寺下六五六

受洗者職業　仙台市立東仙台中学校三年

受洗者霊名　マリア・マグダレーナ

受洗年月日　昭和三十四年八月十五日

右記の通り証明する

昭和三十四年八月十五日

ドミニコ修道会仙台修道院

ジュール・ヴィエット神父

7　修学旅行不参加届

三年C組四三番　前沢良子

わたくしどもの園児前沢良子のためにクラスのみなさんが京都への修学旅行の費用を醵金してくださったとのこと、ほんとうにありがとうございます。前沢良子からそのことを聞き、クラスのみなさんの温いお気持がうれしくてわたくしまで思わず涙を流してしまいました。ただ、本人は、

「わたしが修学旅行に行ったりしては他の園児に申しわけがない」

と申しております。ご承知かとおもいますが、このベトレヘム天使園の園児は、中学を卒業しますと、カトリック信者の縁故を頼って就職するなどして自立を計り、園を出て行くことになっております。ただ前沢良子は、将来、ベトレヘム修道会の修道女になるのが望みで、そのために特別に高校へ進学し、園に残っているわけですけれども、自分だけが特別扱いされるのに引け目を感じているようで、級友のみなさんの温い気持はとてもありがたい、でも、わたしだけが行ってはいけない、とこう思い込んでおります。他人の厚意は素直に気持よく受けなさい、と何度も忠告しましたが、がんとして自分の意見をまげようといたしません。

ほんとうに申しわけありませんが、そんなわけで、みなさんのご親切をお返ししなくてはなりません。どうか先生からもみなさんへよろしくお伝えくださいませ。

昭和三十七年九月十八日

ベトレヘム天使園園長

マリア・エリザベート

宮城県立仙台第二女子高等学校
三年C組担任教師殿

8 転籍届

転籍希望者氏名　　前沢良子
転籍希望者生年月日　　昭和二十年四月一日
転籍希望者住所　　仙台市原町小田原安養寺下六五六　ベトレヘム女子修道会
転籍希望者旧本籍　　千葉県長生郡一宮町岩井六七七一番地
転籍希望者新本籍　　仙台市原町小田原安養寺下六五六
昭和三十八年四月一日
届出人　前沢良子　印
仙台市長殿

9 一年志願修道女誓願書

わたくし、マリア・マグダレーナ前沢良子は本日より向う一年間、貞潔・清貧・従順・団結を旨としつつ本修道会会則を守ることを誓います。
昭和三十八年四月一日
マリア・マグダレーナ前沢良子

ベトレヘム女子修道会仙台修道院長
マリア・エリザベート童貞様

10　二年志願修道女誓願書

わたくし、マリア・マグダレーナ前沢良子は本日より向う二年間、貞潔・清貧・従順・団結を旨としつつ本修道会会則を守ることを誓います。

昭和三十九年四月一日
マリア・マグダレーナ前沢良子

ベトレヘム女子修道会仙台修道院長
マリア・エリザベート童貞様

11　三年志願修道女誓願書

わたくし、マリア・マグダレーナ前沢良子は本日より向う三年間、貞潔・清貧・従順・団結を旨としつつ本修道会会則を守ることを誓います。

昭和四十一年四月一日
マリア・マグダレーナ前沢良子

ベトレヘム女子修道会仙台修道院長
マリア・エリザベート童貞様

12　婚姻届

夫になる人の氏名	北原五郎
夫になる人の生年月日	昭和二十一年三月十日
夫になる人の住所	仙台市連坊小路四一　茶畑アパート五号
夫になる人の本籍	岩手県下閉伊郡岩泉町穴沢二八六三
夫になる人の父の氏名	北原正太郎
夫になる人の母の氏名	北原トメ
夫になる人の両親との続柄	五　男
夫になる人の初婚・再婚の別	初　婚
夫になる人の職業	焼芋行商
妻になる人の氏名	前沢良子
妻になる人の生年月日	昭和二十年四月一日
妻になる人の住所	仙台市連坊小路四一　茶畑アパート五号
妻になる人の本籍	仙台市原町小田原安養寺下六五六
妻になる人の父の氏名	――
妻になる人の母の氏名	前沢ふみ

妻になる人の両親との続柄　――
妻になる人の初婚・再婚の別　初婚
妻になる人の職業　――
同居を始めた時　昭和四十四年二月十八日
（届出人署名）北原五郎
前沢良子
届出年月日　昭和四十四年三月十日
証人　平岡達夫
明治四十年五月三十日生
住所　仙台市連坊小路四一
職業　アパート経営
小川修一
大正二年六月七日生
住所　仙台市米ヶ袋八二
職業　焼芋行商
仙台市長殿

13　妊娠届出書

妊婦氏名	北原《きたはら》 良子《りょうこ》
年　齢	昭和二十年四月一日生（二十四歳）
職　業	主　婦
本籍地	岩手県下閉伊郡岩泉町穴沢二八六三
居住地	仙台市連坊小路四一　茶畑アパート五号
世帯主氏名	北原五郎
世帯主職業	焼芋行商
妊娠月数	第二月
出産予定日	昭和四十五年一月六日
性病に関する健康診断	異状なし
結核に関する健康診断	異状なし
指導を受けた医師または助産婦	
所在地	仙台市木の下六二
施設名	猪岡病院
医師または助産婦名	猪岡剛一

妊娠経験　初めて
既往症・疾病　なし
流早死産　なし
未熟児の出産　なし
右の通り届出をします
昭和四十四年五月十九日
（届出人氏名）　北原良子
仙台市長殿

14　罹火災証明願

使用目的　税額軽減の資料、死産届への添付
必要枚数　二　枚
申請人との関係　本　人
申請人と罹災対象物との関係　占有者
証明を求める内容　昭和四十四年十一月三十日十九時三十分ごろ、連坊小路四一番地茶畑アパートに発生した建物の収容物その他の動産の損害に関する証明。
昭和四十四年十二月一日
（申請人）　北原五郎

昭和二十一年三月十日生
仙台市連坊小路七九　青葉荘8号

仙台消防署長殿

15　**罹火災証明書**

申請人氏名　北原五郎
申請人住所　仙台市連坊小路七九　青葉荘8号
証明内容　昭和四十四年十一月三十日十九時三十分ごろ、連坊小路四一番地茶畑アパートに発生した火災により、申請人の占有せる六畳間一室と、その一室の収容動産をすべて焼失した。

右記のことを証明する

昭和四十四年十二月一日

仙台消防署長

16　**死産証書**

死産児の男女別　女
死産児の体重　二三〇〇グラム

妊娠月数　第九月
胎児死亡の時期　分娩前
死産の年月日時分　昭和四十四年十二月一日　午前三時四十分
死産の場所　仙台市木の下六二
死産の場所の種別　病院（猪岡病院）
母の氏名　北原良子
死産の原因　火災発生のため二階窓よりとびおりて胎児切迫死

右記の通り証明する

昭和四十四年十二月一日

仙台市木の下六二　猪岡病院
院長　猪岡剛一　印

17　死胎火葬許可申請書

父の氏名　北原五郎
母の氏名　北原良子
父の本籍　岩手県下閉伊郡岩泉町穴沢二八六三
母の本籍　岩手県下閉伊郡岩泉町穴沢二八六三
父母の住所　仙台市連坊小路七九　青葉荘８号

性別　　　　　　　　第九月の女子胎児
父母との続柄　　　　長女
死産年月日時分　　　昭和四十四年十二月一日　午前三時四十分
死産証書の発行者
　氏名　　　　　　　猪岡剛一
　住所　　　　　　　仙台市木の下六二
死産した場所　　　　仙台市木の下六二　猪岡病院
火葬の場所　　　　　仙台市小松島火葬場
申請者氏名　　　　　北原五郎
申請者住所　　　　　仙台市連坊小路七九　青葉荘8号
　昭和四十四年十二月一日
　仙台市長殿

18　家出人捜索願

（願出人が口頭で申し立てたのを係官が文書にしたもの）

家出人氏名　　　　　北原五郎
家出人生年月日　　　昭和二十一年三月十日

家出人本籍　　岩手県下閉伊郡岩泉町穴沢二八六三
家出人が家出をする直前の住所　仙台市連坊小路七九　青葉荘8号
家出人の家出年月日　昭和四十五年四月二十八日午後
家出人の特徴　身長一米六八糎。体重六〇キロ。丸顔で色白。寒さに弱く、初冬から晩春まで両手両足に赤切れが出る。右眉に大きなイボあり。歯並び悪し。猫背。ガニ股。背中に肺葉切除手術のあと。発語不明瞭の上、若干、吃る。

家出人の家出時の服装　草色の作業ズボンにワイシャツ。下駄ばき。
家出人の行先の予想　焼芋行商仲間のひとりが三年前に上京し、小岩付近でラーメン屋台をやっているので、そこへ行っているかもしれない。

家出の理由　長女死産後、妻とうまく行かず。家庭不和か。
願出人氏名　北原良子
願出人住所　仙台市連坊小路七九　青葉荘8号
願出人の家出人との続柄　妻

19　誓約書

仙台市連坊小路七九　青葉荘8号
あけみこと北原良子

私は今般貴社に御採用されましたについては上司の指示に従い秩序を守り職務を忠実に全うすることを誓約いたします。
なお、左記事項がありましたときは何時解雇されましても一切不服は申しません。

記

一　風紀をみだしまたは秩序を破壊する行為があったとき。
二　正当の理由なく無断欠勤引きつづき五日以上に及んだとき。または欠勤、遅刻、早退が多く業務に不熱心なとき。
三　公けの刑罰にふれる行為のあったとき。
四　許可なく他店に雇われたとき。
五　お客様に不快の念を与えるようなことがあったとき。

以上

昭和四十五年十二月一日

右

キャバレーチェーン

フロリダ興業株式会社御中

20　始末書

間借人　北原良子

私はこの度、飲酒の上、深夜、男友達をアパートへつれ込み、入居条件を破りましたことを深くお詫び致します。今後は決してあやまちを繰り返すようなことはいたしませんが、万一その節は立退きを申し渡されても、不服は決して言いません。

昭和四十七年三月四日　　仙台市連坊小路七九　青葉荘8号

北原良子　印

21　死亡届

(イ)　死亡したもの

死亡したものの氏名　　北原良子

死亡したものの生年月日　　昭和二十年四月一日

死亡年月日時分　　昭和四十八年十二月二十四日　午後十一時四十分ごろ

死亡したところ　　仙台市原町小田原安養寺下ベトレヘム女子修道会正門前の道路

死亡したものの住所　　仙台市連坊小路七九　青葉荘8号
死亡したものの本籍　　岩手県下閉伊郡岩泉町穴沢二八六三
死亡したものの夫または妻　　夫、北原五郎（失踪中）
死亡したものの職業　　接客業

(ロ)　届出人
届出人氏名　　マリア・エリザベート
届出人生年月日　　一九一五・六・五
届出人住所　　仙台市原町小田原安養寺下六五六
届出人本籍　　カナダ・ケベック市
届出人職業　　ベトレヘム女子修道会日本管区長

昭和四十八年十二月二十五日届出

仙台市長殿

22　死亡検案書

死亡者氏名　　北原良子
死亡者生年月日　　昭和二十年四月一日
死亡者死亡年月日時分　　昭和四十八年十二月二十四日　午後十一時四十分ごろ

死亡の場所　　仙台市原町小田原安養寺下の市道
死亡の種類　　外因死
死亡の原因　　自動車事故による内臓破裂

右記の通り診断する

昭和四十八年十二月二十四日　　仙台市原町小田原案内《あんない》住宅五－一〇〇九
（医師）　小木康正　印

23　死体火葬許可申請書

死亡者の本籍　　岩手県下閉伊郡岩泉町穴沢二八六三
死亡者の住所　　仙台市連坊小路七九　青葉荘8号
死亡者の氏名　　北原良子
死亡者の性別　　女
死亡者の生年月日　　昭和二十年四月一日
死　因　　法定伝染病にあらず
検案書の発行者　　小木康正（仙台市原町小田原案内住宅五－一〇〇九）
死亡年月日時分　　昭和四十八年十二月二十四日　午後十一時四十分ごろ
死亡の場所　　仙台市原町小田原安養寺下の市道

火葬の場所　　　　　　仙台市小松島火葬場
申請者の住所　　　　　仙台市原町小田原安養寺下六五六
申請者の氏名　　　　　マリア・エリザベート
申請者の死亡者に対する続柄　霊母
　昭和四十八年十二月二十六日
　仙台市長殿

24　**起訴状**（勾留中）

左記被告事件につき公訴を提起する。
　昭和四十九年一月七日
　　　　　　　　　　　仙台地方検察庁
　　　　　　　　　　　検察官事務取扱副検事　□□□□
仙台地方裁判所　△△△△殿
　本　籍　　　仙台市原町燕沢甲－六
　住　居　　　同右
　職　業　　　会社役員
　　道路交通法違反
業務上過失致死　　古川俊夫

昭和九年十月四日生

公訴事実

被告人は

第一　酒気を帯び、アルコールの影響により正常な運転ができないおそれがある状態で、昭和四十八年十二月二十四日午後十一時四十分ごろ、仙台市原町小田原安養寺下付近道路において、普通自動車を運転し

第二　前記日時ころ、前記自動車を運転中、運転開始前に飲んだ酒の酔いの影響のため前方注視が困難となり正常な運転ができないおそれがある状態に陥ったのであるから、直ちに運転を中止すべき注意義務があるのにこれを怠り、漫然右状態のまま時速六十キロメートルで運転を継続した過失により、前記第一記載の場所付近道路において、おりから前方の道路左側端を自動車と同方向に向い歩行中の北原良子（当時二十八年）に気づかず……

25　そして手紙

わたしの大好きなエリザベート園長さま、わたしはすっかり疲れ果ててしまいました。園長さまを捨て、信仰を捨てて、世間へ飛び出してみましたけれど、わたしが弱いので

しょうか、身体も心ももうボロボロです。このままではとうてい生きて行けない、どうしよう、とおもったとき、ぽっかり心の中に園長さまのお顔がうかんできました。虫がいい娘《こ》だわねえ、とおっしゃるかもしれませんが、いまのわたしには園長さまにすがるしか生きる道はないのです。でも、門の前に立ったとたん、呼鈴を押す勇気が消え失せてしまいました。やっぱりしきいが高すぎるのです。

そこで、近くの喫茶店でこの手紙を書き、今夜はこれを門の郵便受に入れるだけで帰ることにしました。明日、またまいります。そのときはたぶん呼鈴を押す勇気を持ち合せているでしょう。

園長さまはあのとき、

「修道院を出たい理由《わけ》をおっしゃい。その理由が納得の行くものだったら、わたしはよろこんであなたを送り出しますよ」

と、おっしゃいました。なのにわたしはなにも申し上げずにとびだしてしまった……。じつは言いたくても言えなかったのです。

園長さまは、小学六年のときに、赤切れがひどくなってわたしが学校を休んだことを憶えていらっしゃいますか。あの日、わたしは一日中、御聖堂《おみどう》で坐っておりました。そして十字架にかけられた神の御子キリストをみつめておりますと、不意にかき消すように痛みが去ってしまったんです。あの方の、釘で貫かれた御手をみているうちに、

(キリスト様の御手の痛みにくらべたらわたしの痛みなんて蚊に喰われたぐらいでしかないわ)

と思いはじめたのです。そのうちにキリストがとても身近かに感じられ、やがてわたしは、

(この御方のお嫁さんになろう)

と決心したのです。

ですから、誓願式はわたしにとってはあの方との婚約式のような気がして、とても興奮したのを憶えています。

でも、しだいに不安になってきました。というのは、わたしがいくら心の中で、

(あなたにすべてを捧げます。わたしはあなたを愛しています)

と叫びつづけても、あの方はちっとも答えてくださらないからです。わたしはすこしいらいらしはじめましたが、そのときでした、あの人に坂の下で出会ったのは。

あの人は焼芋屋さんでした。毎日、芋を洗うので両手に赤切れが切れていました。わたしはあの人の赤い手と、あの方の釘で貫かれた赤い手をごっちゃにしてしまい、

(この人はあの方の化身なんだわ)

と思い込んだんです。そしてわたしは修道院をとび出しました……。

園長さまには、わたしはキリストと結婚します、とはさすがに言えず、だまっていま

したが、これが真相です。いまになってみればべつにたいした真相ではありませんけれど。

でも、園長さま、世間にはキリストはおいでになりませんでした。いらっしゃるとしたらやはり御聖堂の中です。どうか、わたしを修道院の隅においてください。下働きでもなんでもいたします。おねがいいたします。

聖誕祭前夜　　　前沢良子

ペンフレンド

1

幸《さっ》ちゃん、この夏に予定していた北海道旅行は中止にしたいっていう、あなたの手紙、受け取りました。高校時代からたてていた計画なのにほんとうに残念だわ。でも仕方がない、わたしひとりで行ってきます。ひとりで北海道を七日も旅行できるかって。できるわよ。北海道にくわしいのはなにもあなただけじゃないわ。たとえばこんな作戦はどうかしら。どこかの旅の雑誌に「北海道にお住まいの方と文通を望みます。こちらは八月上旬に北海道を旅したいとおもっているＯＬ一年生」なんて名乗りをあげるわけ。へへへ。

ところで幸ちゃんは北海道のかわりに軽井沢の社員寮へ行くことにしたらしいけど、わたしの勘では、あなた、恋をしているみたい。隠したってだめ、ちゃんとわかるんだから。なんたって、あなたとは中学・高校六年間のつきあい。あなたの気持は自分の心のなかを読むみたいにぴたりとわかる。もっとも、あなたのあの手紙をみれば、そのことはだれにもぴんとくるけどね。だって便箋三枚のあなたの手紙のなかに「わたしの向いに坐っている原田さん」という文句が何回出てきたとおもう。合計七回よ。だれだってこれはただごとではないと気づくはずだわ。

それにしても羨しいな。一流銀行、軽井沢の寮、前途有望の青年行員、向いの席の原田さん、その青年行員に誘われて夏の軽井沢で休暇をすごす……。わたしとちがってあなたは勉強もよくできたし、美人だし、だから羨しがるのはまちがいかもしれないけど、あなたのところと較べたらわたしの勤めているこの会社は月とスッポン、金魚とメダカ、ほんとうに雲泥の差だわ。会社の名前は「トヨタ文具」、トヨタといってもあの有名な自動車会社とはなんの関係もないのよ。あ、こんなことわざわざ書くまでもないか。会社のあるところは浅草橋の問屋街。わたしの家は中野駅の近くだから、通勤は国電で浅草橋まで一本、乗り換えなしだから、その点だけは便利だけど。社員の数は二五、六名かな。社長には一度あっただけ。なんでもたいへんな麻雀狂らしいの。ほとんど会社には出てこない。熱海や下田や水上なんかで毎日のように麻雀の牌をかきまわしているそうよ。そうやって文房具メーカーの人たちや、地方の第二次問屋の連中を接待しているのね。ついでに書いておくけど、わがトヨタ文具は第一次問屋なのだ。メーカーと地方の第二次問屋とを中継しているの。

この社長の弟が専務。これがコチンコチン。胃弱でしょっちゅう胃の薬を飲んでいるわよ。そのくせ朝は早くて八時にはもうデスクに坐っている。始業は八時半なんだけど、経営責任者が八時出勤でしょう。だからこっちもどうしても会社に出るのがはやくなる。やりにくいわよ。でもこの専務は悪い人じゃない。親切だし、責任はなんでも自分がとるっていういさぎよいところもあるんだ。仕事熱心でなにもかも説明がついてしまうような人。ま、この人がいなければうちの会社は即日倒産て感じ。

課長は社長のごますりで明け暮れている。社長の滞在している温泉に業務連絡とかでしょっちゅう出かけて行く。顔がいつも脂でてかてかしていて、おまけにフケアタマ。そばに寄るのも気味が悪い。

わたしの向いに坐っているのは西村という地方出の青年。これが無口な人なの。一日中ただ黙って電卓を叩いている。そのくせなんかの拍子に目が合うとわけもなくわたしに向ってにたっと笑うの。にきびの出来すぎで顔がデコボコしちゃって、この人も気味が悪い。会計課はこの課長と西村氏とわたしの三人だけ。年商十億円ぐらいらしいからなんとか三人でもやっていけるわけね。

厚生施設としては近くにアパートが一棟。ここが社員寮になっているの。軽井沢寮なんて十年待ってもできるかどうか。いいえ、できないでしょうね。入社してまだ半月だから大きなことは言えないけど、うちの会社のような問屋業はだんだんなくなって行くんじゃないかしら。野菜や果物や牛乳や卵なんかでもこのごろは仲継《なかつ》ぎの問屋の手をへないで、産地直送とか産地直売とかいうのがはやっているでしょう。あれと同じことよ。軽井沢寮どころじゃない、十年後、会社がなくならないでいてくれればめっけものね。

それでは幸ちゃん、向いの原田青年によろしく。お元気で。そのうちどこかで待ち合せてお喋りしようね。

本宮弘子

四月十六日

小林幸子様

2

今年の八月上旬に北海道へ行こうと計画しています。夜行列車の旅に憧れています。女ひとり、七日間の予定です。北海道の方の良きアドバイスをお願いします。また文通も希望します。

東京都中野区打越町四一

会社員　本宮弘子（十九歳）

（月刊『旅と歴史』六月号）

3

北海道旅行したいんだってな。おれがついていってやろうか。おれのことを自己紹介するとな、平常時は長さ八センチ、太さサラミソーセージ程度だ。でもよ、勃起したらすごいぞ。長さが一四センチ、太さはマンズワインで出している「マンズ・ロゼ」の瓶の口ぐらいになるんだから。そいつを北海道の宿で、おまえさんのあそこへぐいぐいねじ込んでやろうか。そしたらきっと一生忘れられない旅になるだろうよ。文通なんてまどろっこしいことはよそう。逢っておはなしでもしようじゃないか。五月の第三日曜の正午、新宿の京王プラザホテルのロビーで待ってるよ。おれはサングラスをかけて、手に『旅と歴史』を持って立ってる。なんならそのまま、ホテルの一室を借りてベッドインしてもいいや。性愛技術の良きアドバイスをしてやるよ。

雑誌に、ペンフレンドを求む、なんて広告を出すところをみると、あんた、もてなくて困ってるんだろう。たぶんかなりのブスなんだろうな。まあいいや。おれは首から下の方にしか関心がないんだから。では、待っておりますよ。

ブラック・エンペラー

五月十五日

情婦候補者第二号へ

4

『旅と歴史』の愛読者として一筆啓上いたします。私は函館市に住む六十七歳の老人でありあます。と申しても歯の一部が義歯だというぐらいであとのことは若い者に負けやしません。家業は、自慢するわけではありませんが市内でも一といって二とくだらない家具屋でありますが、現在はすべてを息子に托し隠居をしております。

貴嬢の北海道旅行の案内を私に仰せつけくださいませんか。北海道は地元であるので、これまで何十回となく旅行しておりまして、ほとんど行ってないところはないぐらいです。また歴史好きで、特にアイヌについては市内の同好者たちで出している研究雑誌にいくつも論文を発表しているほどであります。

さて、なぜ私がこのような申し出をするのか。それを書きましょう。私は貴嬢によって代表されるような北海道観光旅行客を好みません。じゃがいも、トウモロコシ、ラーメン、原野、ポプラ並木、雪まつり、そういう表面的なところばかり見物しようとする輩がこのごろ多すぎます。もちろん、そういうところを見てはいかん、そういうものを味わってはいかんなどと申すわけではありません。ただ、目に見える北海道だけを見るのではいかにもつまらん、と申し上げておるわけで、貴嬢には、たとえばアイヌの歴史、北開拓民の歴史を、目に見える現在《いま》の北海道を通して心に感じてお帰りいただきたい。北海道が沖縄と同じように、いかに本土から略奪のかぎりを尽され、凌辱されたか、それをすこしは知っていただきたい、とこう思っているのであります。七面倒なことをほざく爺だとお考えでしょうが、とにかく私はその季節になるとジーパンはいて大きなリュックを背負い、一種の「異国情緒」を求めて北海道へやってくる若い観光客の姿を眺めるたびにうんざりするのであります。

何万、何十万とやってくる観光旅行者にいちいち説教することは不可能でありますが、数人にならできないことはない。私は貴嬢からそれをはじめようと決心しました。いかがですか、私を道案内人にするお気持はありませんか。御返事を待っております。

五月十七日

函館市蛾眉野町三

高野大三郎

本宮弘子様

5

八月上旬に北海道へいらっしゃる予定とのことですが、ぼくだったら一ヵ月おくれの七夕（八月七日）の札幌市豊平川畔の花火大会を中心に旅程を組むでしょう。ぼくも一度、この花火大会を見たことがありますが、とてもすばらしいものでした。むろん、東京にも花火大会はあるはずです。ひょっとしたらこの豊平川畔の花火大会よりそちらの大会の方が規模は大きいかもしれません。でも、北海道の空気はとても澄んでおり、花火の色がじつに鮮やかに出るのです。東京の星空があまり冴えないのと同じように、そちらでは花火の色もよく出ないのではないでしょうか。そんなわけで一見をおすすめいたします。

　北海道へ青函連絡船でいらっしゃる場合は当然、函館があなたの旅行の出発点になるわけですが、函館を中心とする道南には文化財がたくさんあります。函館市銭亀沢《ぜにかめざわ》にある豪族小林氏の屋敷跡「志海苔館《しのりやかた》跡」、その他檜山《ひやま》郡上《かみ》ノ国《くに》町の「勝山館跡」や「花沢館跡」。松前には福山（松前）城跡。松前とならぶ古くからの町江差《えさし》には、往時のニシン漁のはなやかさをしのばせる横山家の漁場建築物と生活用具や漁具。それから函館市の特別史跡五稜郭。こういったところを二日ぐらいかけてまわっているうちに、北海道という土地の雰囲気や歴史的背景を摑むことができるはずです。

　さて、これで函館で二日費しました。次に札幌市で二日。七日間の予定ですと、残るはあと三日ですが、ここからがじつは難しいのです。まっすぐ北上して稚内《わっかない》市へ行くか、旭川市を経て北東を目指し網走市へ行くか、東へ向い釧路《くしろ》市や根室市を見、襟裳岬を通って帰途につくか、選ぶ方角によってあなたの北海道についての印象はずいぶんちがうものとなるでしょう。正直に申しあげて「七日間で北海道を」というのはもともと無理な相談です。駆け足でひと通り見てまわっても十五日間は必要だと思います。

ところでぼくのことを書くのを忘れていました。ぼくは網走の人間です。ある役所に勤める、どこといって取得のない二十三歳の独身青年です。なぜ、あなたにこのようなお手紙を差しあげたかといいますと、七月下旬に一週間全国的規模の研修会が東京であり、ぼくがそれに参加する予定だからです。つまりぼくは東京からの帰りにあなたと落ち合って、あなたを北海道へご案内できるというわけです。網走の人間として申し上げれば、先に書いた三つのコースのうち、第二の網走行きをおすすめしたく思います。百花の咲き競う斜里草原の原生花園、能取《のとろ》岬の森林や広大な放牧場など、北地ならではの景観をおたのしみいただけるはずですから。車でご案内してもいいですし、もしなんでしたら、ぼくの家を宿舎として提供いたします。ぼくの家は網走市から東へ四十キロの斜里町にあり、斜里海岸花畑はすぐ目の前です。きっと気に入っていただけると思いますが。ぼくは月曜から土曜までは網走市の友人の家に下宿しています。それでは今日はこのへんで。

網走市藻琴六ノ七　日野方

酒井健一郎

五月十七日

本宮弘子様

6

幸ちゃん。このあいだの土曜の午後はたのしかったわ。卒業してからはじめて逢ったわけだけど、それにしても幸ちゃんが別人みたいに変っちゃったのでびっくりしてしまった。こっちが妬けるほどきれいになっちゃって。大銀行の行員ともなるとやはり自然に洗練されちゃうのかしら。そこへ行くとこっちはもうあいかわらず垢抜けなくて。いくらお洒落をしても職場が職場だし、それよりなによりこの器量じゃあね。

ところで今週、三通の手紙が来たわよ。北海道のペンフレンド求む、って広告に三人の男性から引き合いがあったわけ。一通はイタズラ手紙みたいですごくエッチなことが書いてあった。読んでいるうちに目が眩んで顔が赤くなってしまった。「いやっ」って叫んでまるめて屑籠に捨てちゃったわ。でも、あとで思い直して拾っておいたから、こんど逢ったときに参考までに見せてあげます。そりゃもう激しいことが書いてあるんだから。

二通目の手紙は函館の老人のもの。これは真面目な手紙だった。でも、真面目すぎて後半はお説教ばかり。これは敬遠するつもり。

最後のは平凡だけど、まあ合格ね。親切そうな人らしいの。二十三歳で、網走市の住人。役所に勤めているそうよ。名前は酒井健一郎。ちょっと二枚目の名前でしょう。それでは近況報告おわり。向いの席の原田さん、このごろどう。あいかわらず親切かな。

五月二十一日　本宮弘子

小林幸子様

7

お手紙ありがとうございました。『旅と歴史』の広告になんと八三通ものお返事をいただきました。どの方にペンフレンドになっていただこうかとさんざん考えました。そして次のような基準で、失礼ですが、ふるいにかけさせていただきました。

①まずイタズラ手紙を除く。

②同性を除く。

③二十台の男性以外を除く。

この結果、あなたは③の条件にあてはまりますので、せっかくですが、選考から洩れました。あしからず。なお、アイヌや開拓民の歴史はちゃんと勉強するつもりですから、ご安心くださいませ。かしこ。

五月二十一日　本宮弘子

高野大三郎様

8

八三通の、ペンフレンドになってあげてもよい、というお手紙のなかから、わたしがなぜあなたに文通のお相手をおねがいしようときめたのか、そのことをまず書かせていただきます。八三通のお手紙のなかにはあきらかにイタズラとわかるのもありました。またお年寄からのものもありました。そういったものを除いたら三十通余りの手紙が残りました。みなさん、真面目で親切そうな方ばかりですので、どうしようかと頭を悩ましておりましたら、なにかの拍子に手紙の山が崩れ、手紙が一通机の下に落ちました。

(神さまがわたしにかわって選んでくださったのではないかしら)

そのときのわたしはそんな妙なことを考えていました。

(きっとそうだわ。わたしがどれを選んでいいのかわからないでいるのを見て、神さまが手助けしてくださったのよ)

そこでおそるおそる拾いあげてみたら、それはあなたのお手紙でした。この瞬間にわたしはあなたにお相手していただこう、そして今年の夏は網走まで行ってみようと決心したのです。

ここでわたしのことをすこし書かせていただきます。わたしはこの四月からある文房具問屋に会計係として勤めています。ほんとうはさる大きな銀行に受かったのですが、この問屋さんからぜひにと言われて、仕方なくこっちにしました。伯父さんが社長なので、やっぱり負けちゃいました。

正直いって仕事は退屈です。それに職場もまた退屈。なにしろわたしの向いの席に坐っている男ときたら、一日中、ひとことも口をきかないんですから。たいていの会社では、おひるごはんは気の合った同士でたべに行くでしょう。ところが、うちの会社ときたら、会計係はこの無口男とわたしだけ、だからいつもひとりでおひるをたべます。ほかに課長みたいのがいますが、この人、二日に一日は席を空ける上、居ても弁当持参なんだから、はなしになりません。

では今日はこれぐらいにしておきましょう。いまから札幌豊平川畔の花火大会をたのしみにしています。お元気で。

五月二十一日　　　　本宮弘子

酒井健一郎様

9

本日、ペンフレンドの選考から外れた、という貴嬢のお返事を落掌しました。選考から外されたのを恨んで言うわけではないが、貴嬢は結局、男さがしをしておるだけじゃ。それは選考基準の立て方に如実にあらわれている。……②同性を除く。③二十台の男性以外を除く。こういうところに貴嬢の本音が出ておる。まあ、男さがしもよかろうが、こんどの北海道旅行が男の玩具にされた涙の旅行にならぬことを祈っております。

五月二十五日　高野大三郎

本宮弘子様

10

お手紙ありがとう。八三通もペンフレンドの申し込みがあったなんてすごいですね。そしてその八三人のなかから、ぼくがあなたのお相手に選ばれたとは、なんという幸運でしょう。ぼくは、ぼくの手紙をあなたの机の下に落してくれた神さまに感謝しなければなりません。

伯父さんがあなたのお勤めの会社の経営者だそうですが、いろいろ都合の悪いことがあるでしょうね。おそらくほかの人たちもやりにくいだろうと思います。あなたの向いの席の無口男もたぶんそうじゃないかな。遠慮しているんですよ、社長の姪御さんに。こんどあなたの方から食事にさそってみたらどうでしょう。――などとはほんとうは言いたくはありません。勝手なようですが、妬けるのです。

ところで、ぼくが研修会を終って北海道へ帰るのは八月三日です。夜の十時二十七分発急行「十和田3号」で上野駅を発《た》ちます。これですと午後三時には函館に着きます。

それからの予定は別紙に書いておきました。参考までに眺めておいてください。もし、ここをこう変えたいというご希望がありましたら、遠慮なくお申し付けください。では、お逢いする日をたのしみに。

六月五日
酒井健一郎
本宮弘子様

11

北海道旅行の予定表ありがとうございました。部屋の壁に貼って、毎日、眺めることにします。今日は本屋に寄って北海道の案内書や歴史の本を五冊も買ってきました。出発まで北海道のことをうんと勉強しようと思っています。

ところでこのあいだ、あなたに教わったことを実行してみました。向いの席の、あの無口男を食事に誘ったんです。あ、そうそ、あなたにまだ無口男の名前を言ってませんでしたね。西村光隆《にしむらみつたか》、これが無口男の名前です。えらそうな名前ね。西村氏は、はじめはぽかんとしてました。でもやがて顔を真っ赤にしながら、わたしのあとについてきました。

食事のあいだもほとんど喋らない。間がもてなくて閉口しちゃったわ。おまけにコップは肘で突き落すし、スプーンはおっことすし、まるでかたくなっちゃって。わたし、笑っちゃった。でも、わたしに笑われているうちになんだか、西村氏はしこりがとれたみたい。それからあとは、ぽつりぽつりとだけど、すこし話をするようになりました。つまり、つまんない職場にすこしばかり風が吹き抜けて行くようになった。そういう感じ。だから、わたしはあなたにお礼を言わなくっちゃね。

さて、予定表といっしょに送られてきたあなたの写真をいま見ています。正直いって、あなたがこんなにいい顔しているとはおもってもいなかった。まだ一言も口をきいていないのに、なんだかあなたがお兄さんのような……、そんな気がしてきました。わたしも写真をお送りします。がっかりしないでください。

本宮弘子

六月十日

酒井健一郎様

12

写真をどうもありがとう。あなたはぼくが思っていたとおりの女《ひと》だった。手紙で感じていた堅実さがちゃんと顔にあらわれています。それに目がすてきです。きっと神さま＝造化主はあなたの目を造ることに全力を注がれたにちがいありません。目に全力を注ぎすぎ、他の部分に多少の手落ちがあったのかもしれませんが、そんなことはどうでもいい、ぼくは気に入りました。ほんとうにありがとう。

無口男を食事にさそわれたとのこと、まあぼくの助言が役に立ってよかった。ぼくの経験によれば、女の前ですぐにペラペラしゃべり立てるようなやつは、あまり信用できない。たいていの男は、とくに二十代の前半では、女性と正対すると少々は口ごもるものです、ということは無口男もまっとうな男……いや、彼のことはもう聞くのもいやです。そう、ぼくはその男にいまやはっきりと嫉妬を感じる。話題を変えましょう。七月下旬、研修会のために上京中、ぼくはあなたに連絡いたしません。ぼくも東京にいるのだから、お逢いしようとおもえばお逢いできないこともないのですが、やはり、上野駅の改札口が舞台としては最高だろうと信じます。そのときまで、辛いけど待つことにします。ああ、あと四十日。その四十日がはやくたちますように。

酒井健一郎

六月二十五日

本宮弘子様

13

さっそくですけれど、今日は不愉快なことを書かなくてはなりません。どうか腹を立てないでおしまいまで読んでください。

今日、無口男の西村さんに誘われてお茶を飲みに行きました。そのとき、西村さんが、

「いま、つきあっている男性はいるのですか」

とおずおずわたしにたずねました。そこでわたしが、「北海道網走市のとある役所に勤めている男性と文通しているわよウンヌン」とあなたのことをはなしてあげると、彼はしばらく考えてから、突然、こんなことを言い出したんです。

「その酒井健一郎って男はひょっとしたら網走刑務所の受刑者かもしれない」

あんまりおどろいたものだから、ただぽかんと西村さんの顔を眺めていました。彼はつづけてこう言いました。

「理由はみっつある。いつだったか、仙台の宮城刑務所の受刑者が、服役中に女性のペンフレンドを作って、出所するとすぐその女性のところへ行き、結婚を餌に百万ばかりお金をだましとったという事件があった。それと手口が似ているような気がする。ふたつ目の理由は、弘子さんがこの酒井健一郎という人に第一信を書いたのが五月二十一日。それに対する返事をこの男は六月五日に書いている。郵便物が東京から網走まで何日かかって届くのか正確にはわからないけど、五日もあれば充分のはずだ。すると五月二十一日に書いた手紙をあくる日投函したとして、五月二十七日までには網走に届いているとおもう。なのにこの酒井氏は十日間も返事を書くのを放っておいている。ペンフレンドからの第一信に対する返事を、こんなに長い間、放っておくなんてどこかおかしい。人情としては、その日のうちに返事を書くはずじゃないかな。弘子さんの第二信を受けとって酒井氏が第三信を書くまでの間もやはり半月近く開いている。このへんがどうもおかしいよ。みっつ目の理由。住所が『日野方』となっているのがなんとなく怪しい感じだ。たとえばこういうことは考えられないか。……ここにひとりの男がいる。彼は目下、網走番外地で服役中である。しかし、七月末に出所の予定で、世の中に出てからの計画を練っている。そんなある日、彼は刑務所備付の雑誌『旅と歴史』で、ひとりのOL一年生が北海道旅行の案内役を探していることを知る。よしこの女と文通して仲よくなってやろう。出所したらすぐ上京して上野駅でこの女と落ち合い、女を北海道へ案内する。そして身体の関係を結んで、そのことを手がかり足がかりに女に金を貢がせる。問題は自分が刑務所にいるのを女にさとられずにどう文通をつづけるかということだが、うん、そうだ、網走市に住んでいるおれの友だちの日野に一役買ってもらおう。面会にきた日野に頼んで女に手紙を書き送ってもらうのだ。そして女から返事がきたら、日野に面会に来てもらう。面会時間に女の手紙を読ませ、それに対しどういう返事を出すか、日野に伝える。日野は家へ帰るとその通りに返事を書く。よし、このセンでやってみよう。どうかな、弘子さん、いまいったようなことは考えられないかい」

あなたがそんなおそろしいことを企んでいるなんて、わたし、信じたくない。でも、西村さんのこの推理、まったくまちがっている、と言い切る自信はわたしにはありません。なんといっても、わたしはまだあなたのことをよくは知っていないのですし……。

とにかく西村さんの推理がウソであることを祈っています。

六月三十日　　　　　　　　　　　　　　本宮弘子

酒井健一郎様

追伸。あなたの役所と下宿先の電話番号を教えてください。あなたのお声が聞きたいから……。

14

あんたの向いの席の西村って無口男、けっこう冴えてるね。なにもかもお見通し、おそれ入ったよ。たしかにおれは西村の言うとおりの男で、やつの言うとおりのことを計画してたのさ。ふん、それにしても「あなたの役所と下宿先の電話番号を教えてくださ い。あなたのお声が聞きたいから……」とはみえすいてる。番号を聞いたら、おれがしゃばにいるかどうか、実際にかけてたしかめるつもりだったんだろうが、そうはいかない。ここらで撤退することに決めた。さよなら。

七月十五日　　　　　　　　　　　網走にて　健一郎

本宮弘子様

15

　幸ちゃん。いま函館のユースホステルに辿りついて、いよいよ北海道の最初の夜を迎えるところです。でも誤解しないで、彼とはむろん別々の部屋で寝るのだから。ところで幸ちゃんには、酒井健一郎氏の悪企みを西村さんがずばりと見抜いたこと、そして西村さんが酒井氏のかわりに北海道を案内してくれることになったこと、というのは西村氏の出身が北海道の北見市で彼もまたこの土地にはくわしいこと……、全部はなしたわよね。

　ああ、でもわたしすこしうかつだった。西村さんが北見市の出身だときいたとき、このからくりを見抜くべきだった。それなのに、西村さんの手帳をみるまで、わたし、まったくなにも気付かなかったのだから、いいかげんばかだったわ。

　じつは今日の午後、江差へ行ったの。で、江差駅前の食堂に入りおやつがわりに冷し中華をたべることになったんだけど、注文し終えた西村さんはおトイレへ行った。そのとき椅子の上にのせてあった彼の荷物が土間にころげ落ちた。しかたがないからリュックの口からこぼれて土間に散らばった手帳や石鹼や手紙の束を拾い集めてあげた。ところが、その手紙は全部、わたしがペンフレンドの酒井健一郎氏に出したものなのよ。ほんとにあのときはおどろいちゃった。しかもよ、手帳の住所録を見ると「日野康一」という名もある。住所は「網走市藻琴六ノ七」、しかも「勤め先」という欄には「網走魚市場・北見高校同級生」と書き込んであった。

　わたし、はじめてぴんときた。そう、酒井健一郎は西村光隆だったのよ。わたし、お昼休みによく『旅と歴史』を読んでいた。「ペンフレンド求む」というわたしの広告が載ったときは、そのページに紙をはさんだまま、机の上においといたこともある。西村さんはそれを読んで、網走市の親友経由でわたしにペンフレンドに名乗り出てきたのよ。だから酒井健一郎の返事がいつもおくれ気味だったわけ。なにしろ、〈わたし↓網走市日野氏↓東京の寮の西村さん↓網走市日野氏↓わたし〉という経路で手紙がまわっていたから、酒井健一郎氏（すなわち西村さん）の返事はおそくならざるを得ない、とつまりそういうこと。

　それにしても西村さんて人、酒井健一郎氏に自分のよさを売りこませるなんて、なかなかやるとおもわない？

　え、なぜ、西村さんはそんなまどろっこしいやり方をしたのかって。へへへ、つまりあの人、わたしが好きなんじゃないかしら。でも、口下手で、わたしの前ではいっそう口がきけなくなってしまう。そこで酒井健一郎氏を使ってわたしの方から彼を食事に誘うように仕向けた。そのことに気付いたとき、わたし、なんだか胸がじーんとしちゃって……。

でも、幸ちゃん、わたし、一生、酒井健一郎氏が西村さんであるってことに気づかないふりをしているつもりよ。西村さんに気まずい思いをさせるのはいやだし、それにわたしも、社長の姪だとかいろいろ嘘をついているし、ここは知らんぷりがいちばんでしょう？　ではまた。

函館にて　本宮弘子

八月四日夜

小林幸子様

第三十番善楽寺

1

はじめに自己紹介をさせていただきます。わたしは、暮から正月にかけて仕事にあぶれて行き場所のない人たちを受け入れる越年越冬のための収容施設『錦糸寮』（東京都墨田区錦糸一－六、花山圭太郎寮長）の職員をしているものです。この手紙をお読みいただく皆様はいずれも厚生施設におつとめの方ばかりですけれども、おそらくこの『錦糸寮』のような施設はごぞんじないと思います。なにしろこのような施設はいまのところ東京にしかありませんから。

毎年、暮から正月にかけて、日雇仕事がぐんと減ります。そこで仕事が減り、簡易宿泊所に泊る金どころか三度の食事代にもことかく労務者を引き取って新年を迎えさせてあげるのがわたしたちの『錦糸寮』の役目です。労務者ばかりではなく家出人なども多くやってきますが、収容者たちはここに落ちついてたっぷりと英気を養います。身体に故障のある人はここから病院に通って治します。なかにはここから各種学校へ出かけて行き再起の手がかりを摑もうとする人もおります。ただし、予算の関係もあって十二月に開寮して三月末で閉寮になるのが残念です。お金さえあれば一年中、ここを行き場がなくて困っている人たちに開放できるのですが。

あわててつけ加えますと、ここは私立の施設です。建物は古いアパートに手を加えたもの、部屋数は七室、収容定員は三十名、そして職員は八名です。職員たちは主に学生です。なかにはわたしのように、十二月から三月まで、この『錦糸寮』で働き、四月から十一月まで上野の『浮浪者一時保護所』に勤めているという変り種もおりますが。

さて、これからこの手紙を書いた真の目的を申し上げます。じつはある人を探しているのです。名前は古川俊夫、年齢は四十一歳。身長一米六五糎、体重六八瓩、小肥りの男性。二年前に自動車事故で両手両足が不自由になり、跛行しないと歩けません。額と右頰に怪我のあとがありますが、これも事故のときのものです。

古川さんが『錦糸寮』へやってきたのは昭和五十年の一月十五日でした。浅草で行き倒れになっているところを発見され、ここへ運び込まれてきたのです。入寮当時は壁や机に伝わって歩くのがやっとでした。入寮して二週間ばかり体力をつけることに専念し、三週間目から手、足の機能回復訓練をはじめました。が、このとき、わたしは古川さんの手の機能回復のために、絵はどうだろうかしらん、と思い付いたのです。古川さんはいつも無表情で口もほとんどどききません。でも絵がとても好きなのです。こういう施設のことですから碌な絵はありません。カレンダーの複製名画があちこちの壁にかけてあるだけですが、古川さんは放っておくと一時間でも二時間でも、その複製名画の前に坐り込んでいるのです。

（この人の手に鉛筆を握らせてみよう）

とわたしは思いました。

（鉛筆を動かして絵を描く……。そのことによって手の機能回復がすこしでもはやめられるかもしれない）

さっそく4Bの鉛筆と画用紙を二〇枚買ってきて古川さんの前へさしだしました。すると彼は全身をふるわせるようにして鉛筆を摑もうとしたのです。それまでなにひとつ自分から欲求し、行動したことのない彼が、はじめて自発的になにかを摑もうとしている。わたしは感動しました。そして古川さんの右手の親指と人さし指に鉛筆を固定させてあげました。

はじめ、一枚の絵を描くのにまる一日かかりました。描きあがった絵も、線があっちへこっちへと何本も入り乱れなにがなんだかわからない代物でした。ところが十四、五枚目から描く速度があがり、出来栄えも見事なものになってきました。そして結局、彼は三月末までに九三枚も描き上げたのです。彼の絵の技術がどれほど高度なものか、一枚同封しておきましたので、どうかあなたの目でじかにおたしかめください。

絵がうまく描けるようになるにつれ、古川さんの重い口もすこしずつではありますが、開きはじめました。以前は街頭広告会社を経営し、自分でも映画館の看板を描いていたこと、事故のあとどこかの施設で療養したこと、この、『錦糸寮』に運び込まれる前までは昼は不自由な身体で紙屑を拾い集め、夜は山谷の簡易宿泊所で眠っていたことなど、ポツリポツリと話してくれるようになったのです。同時に手足の機能もだいぶ戻ってきました。

昨五十年の三月三十一日、古川さんはここの閉鎖にともなって江東区の厚生施設『越中島荘』へ移ることになりました。別れの日にわたしたちは古川さんに絵具と筆とパレットとスケッチブックを贈りましたが、じつはこの彼が、六月にわたしたちへの言伝てを残して『越中島荘』を突然、出て行ってしまったのです。その言伝てというのはこうです。

「四国八十八ヵ所を巡礼し、十二月に『錦糸寮』へまた顔を出すつもりだ。みなさんによろしく」

昨年十二月一日、寮がまた開所しました。わたしたちは絵具や画用紙を買って古川さんの戻ってくるのを待ちました。しかし今年の三月三十一日現在、古川さんからなんの便りもありません。いったい古川さんはどうしたのでしょうか。もしや四国八十八ヵ所のどこかで倒れてしまったのではないか。心配になってきました。そこで職員で手分けして、四国にある身体障害者施設や厚生施設へ手紙を差しあげることにしたのです。たまたまわたしが高知県の分を書くことになりましたが、高知県の施設の職員の方々はこんなに長い手紙を読ませられてほんとうにお気の毒です。ほかの仲間のは簡潔に要領よく書かれているはずだからです。

それはとにかく、どなたか古川俊夫さんの消息をご存知ないでしょうか。ひょっとしたらあなたの施設に収容されているかもしれませんが、いかがでしょうか。お忙しいところほんとうに申し訳ありませんが、古川俊夫さんの消息について、どんなことでも結構です、ご存知の方がおいでしたら、上野の浮浪者一時保護所へ御一報くださいませんでしょうか。どうかよろしくおねがいいたします。

昭和五十一年三月三十一日　　平幡安次

高知県身体障害者施設

みどり荘職員のみなさま

2

古川俊夫さんはわたしたちと一緒です。どうかご安心ください。

昨日の正午、みどり荘の職員の方からわたしたちのところへ電話がかかってきました。

「みどり荘へ訪ね人の手紙が来ているが、そちらに心当りはないだろうか。うちには該当者は居ないのだが……」

と、前置きしてその方は電話口で、あなたの手紙を読んでくださったのです。わたしは泣きべそです。なんにでもすぐ涙を流してしまいます。それであだ名も〈泣きフミ〉などと呼ばれているのですが、あなたの手紙を読みあげてくださるみどり荘の職員の方の声を聞いているうちに涙をぽろぽろこぼしてしまいました。ひとりの身体障害者の行方をこんなに気にかけている人たちがいる、そのことにまずジーンときてしまったのです。

ところでわたしたちのところへはあなたの手紙は届きませんでした。むりもありません、わたしたちのこの『つばめ共同作業所』は開所してまだ半年、しかも私立です。身体障害者施設名簿や厚生施設名簿にはまだ名前が載《の》っておりません。どなたもわたしたちのことはごぞんじないはずで、だからあなたも手紙の書きようがなかった――。そこでまず、わたしたちの作業所のことをすこし書いておくことにしましょう。

高知市の浦戸湾に、西から鏡川、北から久万川、そして東から国分川の三つの流れが注ぎ込んでいますが、この国分川の川口の四粁ほど北の住宅地のなかに、三十坪ほどの空地付きの平屋建て住宅があります。別に変ったところはなにもないごく普通の家です。

六帖の茶の間をまんなかに左に四帖半、右に六帖、あとは台所にトイレに風呂といった間取り、これもこのあたりの住宅の標準です。ちょっと変っているのは空地に建てられた八坪のプレハブですが、じつはこのプレハブが『つばめ共同作業所』の本体なんです。九名の身障者がここで朝から晩まで洗濯ばさみを作っています。わたしは市内のスーパーやデパートや荒物屋さんから洗濯ばさみの注文をとったり、売上げや所員の給料の計算をしたり、昼食の用意や晩御飯の支度をしたりする役目で、販売係と会計係と炊事係を兼ねていると言えばわたしの仕事のおおよそはおわかりになるでしょう。一番苦労するのは昼食です。五名が自宅からの通勤所員で四名がここへ泊り込みの所員、ですから昼食のときに全員が勢ぞろいします。いわば昼食がここの正餐、腕によりをかけて台所に立ちます。といっても九名とも身体障害者ですから箸を使わなくてはならないような献立は避けます。たいていはカレーライスとかハヤシライスとか焼飯とかピラフとかオムライスとか、スプーンでいただけるものになってしまいますけれど。

職員はわたしの他にもう一人おります。リーダーの立林さんがそうで、立林さんは出来上った洗濯ばさみをお得意先へ届けたり、福祉事務所や市役所や県庁をまわったりするのが仕事です。わたしたちのところでは、このリーダーの立林さんとわたしが健体者です。この作業所をはじめたのは立林さんで、じつは建物の所有者も彼。昨年の五月、東京の大学で勉強中に両親が車の事故で死亡し、急ぎ帰郷した彼は大学へは戻らず、突然、この作業所をはじめたのです。

「身障者がお上からのお情けとお仕着せで、自分の大切な一生をものついでといった感じで生きているのを見るのはたまらない。まず独立、身障者が自分の労働で自分を養うことが必要だ。そうなってはじめて、自分は本当に生きている、という自信や誇りが湧くのではないか。ぼくはその手助けをしたい。自分ももうひとつ、自分も交通事故やなにか交通事故やなにかでいつ不自由な身体になるかわからない。そんなとき、

『あ、こういう施設なら自分も入れてもらいたい。ここで働きたい。ここなら世の中のお情けにすがらずに生きて行ける』

と入所したくなるような共同作業所を作りたい」

昨年の五月に地元の新聞に、右のような立林さんの抱負が載っていました。そのとき、わたしは高知で一番大きなデパートの呉服売場の売子をしていたんですけど、彼のこのことばがなんだか胸にびしっとこたえたのです。高知にも結構お金持が多くて、一日に二人や三人、一着数十万円もする着物をぱっと現金で買ってくださるお客様がお見えになります。デパートの店員のひとりとしてはとてもありがたいお客様ですけれど、ときどき頭の中や胸のうちがすっと白っぽくなってしまうのです。居直るわけではありませんけれど、わたしは貧乏百姓の三女です。両親が汗と泥だらけになって田畑に這いつくばって作物をつくる。その収入が高級呉服数着分にもならない。むずかしいことはわか

りませんが、呉服が売れるたびに、

（世の中ってなんだろう）

と首を傾げていました。

（こんな職場で働いていると頭がへんになってしまう。貧乏人のひがみだろうけど、素直に「毎度ありがとうございます」なんて言えない。たとえ言えてもそれは口先きだけで、心の中ではお客様に反撥をおぼえるようになってきている。どこでもいい、心の底からお客様に「毎度ありがとうございます」と言うことのできる職場で働きたい）

こんなことも考えていました。そういうわたしの心に立林さんの言葉がびんびんと響いてきたのです。記事を読んだあくる日、わたしはここへやってきました。お給料は、全員平等で、月によって多少の差はありますけど、一万五千円ぐらい。デパートの五分の一です。わたしの給料をあてにしている両親はちょっと悲しい顔をしましたが、それはほんのわずかの間だけのこと、いまではなにも言いません。そしてわたしは洗濯ばさみを店先に置いてくださるお得意さまに心の底から「毎度ありがとうございます」と言える毎日をすごしています。

自分のことばかり書いてしまいました。あなたのお探しの古川俊夫さんはわたしたちといっしょにがんばっています。ほとんど口をきかず、一日に二百五十個ぐらい洗濯ばさみを仕上げています。これは九人中第三位の生産高です。

「古川さん、あなた、東京の『錦糸寮』の平幡さんを憶えていますか」

昨日の夕方、帰りぎわに、わたしは古川さんにたずねました。古川さんは、

「ああ」

と、かすかに頷いただけでした。でも、気を悪くなさいませんように。あなたもごぞんじのように古川さんはいつもこうなのですから。それでは古川さんが元気だということをもう一度お知らせして、今夜はペンをおきます。

四月七日　　　　　　　　　　　　　　村野扶美子

平幡安次様

3

うれしいお手紙をいただきました。ほんとうにありがとう。古川さんが無事と知ってほっとしています。ところで、古川さんはどのような伝手《つて》でそちらへ収容されることになったのでしょうか。お暇の折りにでもお知らせいただければ、と存じます。

もっともっと長い手紙を書いて、あなたがたへの感謝の心を表わさなければならない、それはよく承知しておりますが、しかしいまのわたしはうれしくて、すぐにわーっと叫び出したくなってしまいます。とてもペンを持って机の前に坐るなどということを続けられる状態ではありません。ご賢察をおねがいいたします。ほんとうにありがとうござ

いました。

四月十一日

平幡安次

村野扶美子様

4

このあいだの手紙に、古川さんがどうしてわたしたちの仲間に加わることになったのか、つい書き落してしまいました。ついお喋りがすぎて一番大切なことを言い忘れてしまうという欠点がわたしにはあるみたいです。直さなくちゃ。ほんとうにごめんなさい。

昨年の十月の末のある朝、いつものようにわたしは土讃本線の「とさいっく」駅で降りて、善楽寺《ぜんらくじ》の方へ向って歩いておりました。つばめ共同作業所はこの善楽寺の先にあるのです。

ところで世間では普通〈四国八十八ヵ所〉と言いますけど、ほんとうは、というよりは現実には、八十九ヵ所のお寺があるのを平幡さんはごぞんじでしょうか。じつは三十番札所を名乗る寺がふたつあるんです。父から聞いた話を受け売りしますと、むかし弘法大師が土佐一ノ宮の別当寺として善楽寺をお建てになり、やがてこの寺が三十番の霊場となり、何百万、何千万のお遍路さんを迎えていた。ところが明治三年の廃仏毀釈で善楽寺は廃寺と決まり、ご本尊の阿弥陀如来、大師像、寺宝などは二十九番の国分寺へ移されてしまった。が、やがて廃仏毀釈運動が下火になり、明治九年にご本尊の阿弥陀如来像が高知市内の安楽寺というところへ移され、ここが三十番の仮りの札所になった。ところが昭和四年、善楽寺は国分寺に預けておいた大師像や寺宝類をふたたび移して復興する。もちろん、安楽寺へはご本尊を返却するようにと矢の催促。でも、安楽寺はご本尊を返さない。それからは揉めに揉めたらしいんですよ。で、とうとう、昭和十七年に関係者が寄り合ってこう決議しました。

「安楽寺住職は三年以内に三十番札所の名を善楽寺へ返上すること。その際には、安楽寺を三十番札所の奥ノ院とする」

つまり、三十番札所がふたつあってはお遍路迷わせである。四国の霊場は弘法大師の霊跡を主体にしなければならぬのだし、その意味でもご本尊を善楽寺へお戻しすべきだ、というわけですね。けれどもこの申し合せ、終戦のどさくさで実行されず、いまも三十番札所はふたつということになっています。札所にはおさい銭その他でどっさりお金が落ちます。

「安楽寺の住職はその収入源を善楽寺に返上したくなくなったんだろうねえ」

というのが父の意見ですけど、それはとにかく四国八十八ヵ所は嘘、ほんとうは八十九ヵ所なんですね。

さて、その朝、わたしは近道をするために善楽寺の境内を通り抜けようとしました。

すると本堂の『弘法』と書かれた額の真下でだれかが俯《うつぶ》せになって倒れているのが見えました。こわごわ近寄ってみますと、そのお遍路さん――といっても菅笠もなければ金剛杖も白衣もなし、ただ首から小さな札ばさみをぶらさげているだけの男の人でしたが――ののばした手の先に垢で汚れたスケッチブックが投げ出してありました。

　強い風が吹いてきてスケッチブックの頁をぱたぱたと鳴らしていました。拾い上げて頁を繰って見ると第一番から第二十九番までの各札所の本堂が鉛筆でスケッチしてありました。わたしはつばめ共同作業所へとんで行って立林さんを連れて境内へ戻りました。そしてこの風変りなお遍路さんを作業所まで運びました。つけ加えるまでもなく、このお遍路さんが古川俊夫さんでした。

　ここでこの手紙を書くのが、ずいぶんおくれてしまったことをおわびいたします。弁解するわけではありませんが、このところつばめ共同作業所は大揉めに揉めて、毎晩、夜おそくまで議論のしどおし、手紙を書く時間どころか眠る暇もなかったぐらい忙しかったんです。

　揉めた原因は収入の分配法でした。これまで一年近く、つばめ共同作業所のスローガンは〈一律平等分配〉でした。そのひと月に上った利益をあくる月の十日に身障者九名、職員二名で平等に分配するという方式をとっていたのです。ところがこのあいだ軽症者が三名、「一律平等分配は不平等だ」と言い出したのです。

「われわれは月に一人で一万個前後生産している。ところが一方には月に千個もおぼつかない人たちがいる。これでは働くのがいやになってしまう」

これが軽症者たちの主張です。このつばめ共同作業所はいってみれば一種の運命共同体、分配なんかほんとうはどうでもいい、大切なのはみんなの力を結集してみんながゴハンにありつくことだ、と考えて運動をすすめてきたリーダーの立林さんには、軽症者たちのこの要求がちょっとショックだったみたいです。結局、重症者たちが折れて出てはなしはなんとかまとまりました。重症者たちはこう言って折れたんです。

「たしかにぼくたち重症者は軽症者のみんなの働きにおんぶしていた。世の中のお情けにすがるまいと決心してこの運動に参加したのだが、じつはいままで軽症者のお情けにすがっていたわけだ。これはいけない。これからは能率給にしてください。歩合いでいい。そしてその収入のなかから立林さんや扶美子さんの給料を各自が分担して負担する……」

この方式ではたしてうまく行くかしら。立林さんもわたしも自信はありません。なお、古川さんは依然としてひとことも口をききません。ただ、だまって議論に耳を傾けているだけです。平幡さんの真似をして古川さんに鉛筆と画用紙をプレゼントしました。でも、彼はちっとも絵を描きません。ほんとうにこのごろは淋しいことばかりつづいています。ところで古川さんの本籍や前歴などおわかりになりませんでしょうか。国から支給されるはずの諸手当も今のままでは貰うこともできません。

五月六日　　　　　　　　　　　　　　　　　　　村野扶美子

平幡安次様

5

利益の分配方法を〈一律平等給〉から〈能率給〉に変えられたと聞いて、なんとはなしに不安をおぼえました。だいたい、能率給になった場合、健体者であるリーダーの立林さんやあなたの立場はどうなるのでしょうか。あなたがたお二人は一個の洗濯ばさみも作らない、したがって当然、給料はゼロです。これに対して身障者たちは、各自の収入からお二人の給料を出そうとしているらしい。ですが、これもまたおかしい。まるでやとわれ事務員のようではありませんか。わたしはいわばお上《かみ》の命令どおりにいわゆる福祉をばらまいている一職員にしかすぎません。だからあまり大きなことは言えませんが、どこかおかしいような気がします。

さて、古川さんの本籍、前歴についてはわたしにもわかりません。みどり荘にあてて出した手紙にも書きましたが、

1　街頭広告会社を経営し、自分でも映画館の看板を描いていた。

2　自動車事故にあった。

3　どこかの施設で療養した。
4　浅草で屑ひろいをしていた。
この四点しか話してくれなかったのです。古川俊夫という名前もひょっとしたら偽名かもしれませんし、まったくお手あげです。しかしぼんやりしていても仕方がありませんので、各地の警察署に、ここ数年間の交通事故の加害者、被害者のなかに古川俊夫という名前があるかどうか照会してみるつもりでおります。彼が本名を名乗っていたにせよ、これは大事業です。がしかしなんとしてでもやってみなくては……。それにしても彼はどうして喋らないのでしょう。

五月十一日　平幡安次

村野扶美子様

6

今日、思いがけないことが起りました。古川さんが口をきいたのです。興奮しないでできるだけくわしく事情を書きましょう。能率給制をとるようになってから、このつばめ共同作業所はますますうまく行かなくなってしまいました。まず軽症者は昼食の時間も返上し洗濯ばさみづくりに熱中しはじめました。なかには夜なべまでしてすこしでも余計に歩合いをもらおうとする人たちが出てきました。こないだまで一日のうちでもっとも楽しかった昼食とそのあと午後一時までの団欒、それもどこかへ行ってしまいました。ただもう全員、能率をあげるために作業机にしがみついているばかり。たしかに洗濯ばさみの生産高はふえました。でもそのかわりに氷塊のように冷たい空気が仕事場を支配しだしたんです。

そのうちに奇妙なことが起った。重症者の出来高がぐんぐん落ちはじめたのです。

「おれたちはだめなんだ。軽症者にはどうせかないっこない」

こういう敗北感が重症者たちに芽生えたんですね。

「もういいや。国から支給される諸手当にすがって生きていこう」

重症者たちは一時間もしないうちに作業をやめて茶の間のテレビの前に引き揚げてきて、だらだら暮すようになってしまった。立林さんもわたしもなんとかしなくては、と思ったんです。でも、二人ともこうなると手が出せない。ただうろうろするばかり。今日のお昼、「カレーですよ。今日の献立はみなさんの好物のカレーです。しかもカツカレーよ」

と触れながら作業場に入って行くと、軽症者のひとりがこう言いました。

「ここへ持ってきてくれないか。仕事をしながらたべるから」

「食事のときぐらいのんびりなさいよ」

わたしはがんばりました。

「それにひさしぶりにみんなでいっしょに食事をしましょうよ」

「茶の間の連中とおれたちはちがうよ。こっちは生活がかかっているんだ」

別の軽症者が言い返してきました。

「カレーはここでいただくよ」

「そう……。じゃそうするわ」

わたしが引き返そうとしたとき、そのときまで一所懸命に洗濯ばさみを作っていた古川さんが大声で怒鳴りだしたんです。

「ばかやろう、生活がかかっているのはおまえたちだけじゃない。みんな生活がかかっているんだ。だいたい洗濯ばさみぐらいでなにが能率給だ。笑わせるな」

古川さんはぶるぶると慄えながら作業机にしがみつき、そのうちに机を引っくり返してしまったんです。軽症者の中でもいちばん元気な人が、

「こいつ……」

と殴りかかろうとしました。すると古川さんは身構えて、

「殺してやる」

と唸り出しました。

「おれは車で人をひとり轢き殺してしまっている。そのときの事故でこっちもこんな身体になってしまったが、その人にお詫びしようとしてこれまで何回、死のうとしたかし

れやしない。ちょうどいい、おまえを殺しておれも死ぬ」

　さわぎをききつけて茶の間から重症者たちも集まってきました。立林さんは納品先からまだ戻ってきていないし、どうしたらこのさわぎを鎮めることができるだろうか、気が気じゃない。でも足が動かないんです。

「どだい、おれたちに能率給なんておかしいんだ。おれたちの場合、出来高は問題にならない。十個作って汗を一滴流した人と一個こしらえて汗を一滴流した人は同じ働きをしているんだ。みんなそこんところがわからないのか。おれの考えでは、プールした利益は、出来高払いでもなく、一律平等払いでもなく、必要度に応じて分配すればいい。手当が入って家がしっかりしている人は少くとる、生きていくためにはどうしても三万必要だというやつはみんなにわけを話して三万もって行く。それでいいじゃないか、それしかないじゃないか。みんながみんなを守って行く、そうしかおれたちは生きられないんじゃないか。それなのになんだい、餓鬼みたいに目の色を変えて……。また別の連中はすぐ負け犬の真似なんかして……。ばかやろう」

　古川さんは泣き出してその場にしゃがみこみ、みんなはすごすごと母屋へ引き揚げて行きました。

「古川さん、どうしていまのアイデアを能率給にするかどうかでもめていたときに出してくれなかったの」

古川さんを助け起しながらききました。そのときの古川さんの答はこうです。

「おれは酔っぱらって車を運転し、その上、助手台の友だちとおしゃべりしているうちに女のひとを轢いてしまった。だからせめてもの申しわけに二度と酒をのまない、しゃべらないという決心をした。でも、またしゃべってしまった……」

ふたたび古川さんの口は貝のようにかたく閉されてしまいました。ですからいつどこで古川さんが事故を起したのか、聞けずじまいでした。でもとにかく古川さんのこんどのおしゃべりがつばめ共同作業所の危機を救ったことはたしかです。わたしは三十番の札所にこっそりありがとうを言いました。もしも善楽寺に古川さんが行き倒れていなかったら……。

五月二十日　　　　　　　　　　村野扶美子

平幡安次様

隣からの声

1

あなたがお仕事をしていらっしゃるオーストラリアの西の砂漠の町まで、この手紙は何日あれば届くのでしょうか。郵便局の局員さんは「航空便なら一週間もみておけば充分ですよ。北海道の奥とそう大差はありません」と教えてくれましたが、海外へ一度も出たことのないわたしには、航空便で一週間の距離と言われてもどうもぴんとこないのです。出発前夜、あなたもこうおっしゃっていた。

「地球はおまえが考えているよりもはるかに狭くて小さいのだよ。なにかあったら調査基地へ国際電話を入れなさい。ぼくはだいたい砂漠や山の中へ調査に出ているとおもうが、それでも半日以内に基地へ戻れる。なにしろ向うじゃ自動車がわりに飛行機を使っているらしいからね。となると、その日のうちに西オーストラリア州の州都のパース市に出て、あくる日にはシドニー空港から羽田空港行きのジェット機に乗り込めるだろう。つまりなにかあっても三日後にはここへ帰ってくることができるんだよ。だからなんにも心配することはないんだ」

でも、なにかあったときの三日間って普段のときの三年ぐらいはあるんじゃないかしら。つまり、なにか事件が起る、あなたのお帰りを三日も待つ、その三日は三年ぐらいも長く感じられるだろうという気がするのです。

最初の手紙だというのに泣き言ばかり並べてしまいました。ごめんなさい。三ヵ月たてばあなたは調査を終えて帰ってらっしゃる。一生別れて暮さなければならないわけじゃなし、べそをかいたりするのはこれでおしまいにします。

それにしても、あなたの会社の上役さんは意地悪ですね。式を挙げてまだひと月もたっていない新婚夫婦を生木を裂くように別れさせてしまうのだから。あら、いけない。また泣き言になってしまいました。

あなたが羽田を飛びたったあくる日、隣の建売住宅に入居者がありました。江戸川区だったか葛飾区だったか正確なことは忘れてしまいましたが、私鉄の駅前でお総菜屋さんをやっていたおばさんが隣の建売を買ったのです。駅前の、二十坪ほどの土地が私鉄会社に高く売れて建売が買えたんだ、と引っ越しの挨拶にきたとき、そのおばさんが言っていました。貯金も三、四百万、いっぺんにできたそうです。おばさんは来週から近くの小学校へ給食婦として勤めに出るらしいんです。

「貯金があって家があって働き口がある――。いいわね、おばさん。あとは優雅に年をとるだけですもの。そこへ行くとうちなんかまだまだたいへんだわ。貯金はなし、建売の月賦があと七年も残っているし――」

溜息まじりに言うと、おばさんは急に考え込むような表情になりました。

「娘がひとりいるんですけどね、この娘が五年前に家を出て行ったっきり梨のつぶて。いまごろどこでどうしているのやら」

おばさんのはなしでは、七年前、ご主人が亡くなってそれからは母ひとり子ひとりの暮し。ところが五年前におばさんに茶飲み友だちができたんですって。駅前の玩具屋のご主人で、この人がおばさんにいろいろと親切にしてくれる。そこであるとき、おばさんはこの玩具屋のご主人と日帰りで成田山へ出かけた。ところが夜おそく帰ってくると娘さんがいない。ただ置手紙が一通あっただけ。その置手紙には、

「お母さんのばか。不潔。わたしを探さないでください」

と書いてあったそうです。町内をかけまわっていろいろ情報を集めると、ある人が娘さんに、

「あんたのお母さん、玩具屋の主人と温泉へ行ったんだってね」

と面白半分に訊いたことがわかった。自分の母親が父親以外の男と温泉に出かけた。

高校二年生の女の子にはこのことがショックだったのね。それからはおばさん、八方に手を尽して娘さんの行方を探しました。上野の喫茶店でコーヒーを運んでいるのを見た、御徒町のキャバレーで客の膝の上にのっていた、千葉市のトルコで男の背中に石鹸を塗っていた、といろんな噂がとぶ。そのたびにおばさんは店を閉めて出かけて行きました。でもいつもみんな人ちがい。

「どこかでちゃんとした結婚でもしてくれていればいいのだけれど、まずそんなことは考えられないわね。だってもしそうだったらわたしに連絡があるはずだもの。どこかできっと身を持ち崩しているにちがいない。わたしはもう諦めました」

しまいにおばさんはエプロンで目頭を押えてしまいました。

そんなわけでわたしには話し相手ができました。三ヵ月間、退屈しないでお留守番ができるとおもいます。どうかご安心ください。五月というとそちらは晩秋だそうですね。風邪を引かないように祈っています。いくら書いてもきりがありませんから、このへんでペンをおきます。生れてはじめてこんな長い手紙を書きました。お返事まっています。

あ、いまおばさんが隣の家の台所で「湖畔の宿」を歌っています。陽気なひとね。わたしは、あなたがいないと、歌をうたう気力もわいてきません。お元気で。

五月二日夜　　博子

悦男様

2

あなたが発って一週間たちました。あなたの発ったあくる日から、毎日、午前中はなにをしていても表の郵便受に注意が行っています。表を人が通るたびに、郵便屋さんじゃないかしらとおもい、胸がどきんと高く鳴ります。昨日は午前十時半に表にだれか立ちどまる気配がし、やがて郵便受がコトンと音をたてました。郵便屋さんだわ、あなたからの手紙を届けてくれたんだわ、と外にとびだしてみると、郵便受に〈世界人類がしあわせになりますように〉という題のパンフレットが入っていました。どこかの新興宗教の宣伝パンフレットだったんです。がっかりし、つぎに腹が立ちました。この新興宗教にはぜったいに入ってやらないからと誓いました。そして昨日は一日中不しあわせでした。

でも今日はとてもしあわせ。なぜってあなたの絵葉書が、今日、配達されたからです。絵葉書にあったパース市、とてもきれいな町ね。五階建のビルがずらりと並んでいて、そのビルがどれも古色蒼然としていて、けばけばしくなくて歴史があって……。こんな街をあなたと腕を組んで歩くことができたらどんなにかすてきでしょう。

「今日、無事にオーストラリアの西の端にあるパース市に着いた。元気だから安心してください。地図でみると日本ははるか上、こんな離れたところへ十二時間で来ることができるのだから、ぼくの口癖じゃないが、地球はほんとうに狭い。明日はいよいよハマスレー山地に調査に入る。商社員が山の中に調査に入るなんてなんだかへんだなとおもうだろうが、ぼくの仕事は日本の原子力発電所で使った燃料滓の埋め場所を、専門家と協力して見つけることだ。日本には将来、このオーストラリアからウランを買い入れる計画がある。だが、日本は狭いので燃料滓を廃棄する場所がない。そこで燃料滓をもう一度オーストラリアに持ち帰ってどこかの山の中に埋めようというわけなんだ。『オーストラリアは日本のごみ捨て場じゃない』と、この国の学生や労働者がさわいでいる。そしてぼくも彼等のさわぐのは当然だろうと思う。けれども仕事だから仕方がない。全地球的な立場に立てばこんな仕事は蹴っとばすべきだろうけど、ぼくには建売の借金も残っているしね……。元気でいてください。五月一日。悦男」

絵葉書にこまかい字で書いてあったあなたの文章、もう二十回以上も繰り返し読んだので、こうやって暗誦できます。こんどのお仕事はどうやらあなたの気に入っていないようですが、どうか一所懸命に励んでください。そして一日でもはやくお仕事を終えて帰ってきてください。夜、ひとりでいると、さびしい上におそろしくて、気が狂いそうになることがあるんです。あなたは出発前に「さびしくなったらぼくの実家で暮していなさい」とおっしゃった。でもそんなことわたしにはできません。あなたのお家の方たちは、あなたがわたしと結婚することには最後まで反対だった。それをどうしても考えてしまうんです。わたしには両親がいないし……。やはりひとりでがんばるしかありません。

ところで隣のおばさんにいいことが起りました。例の娘さんがひょっこり戻ってきたんです。しかもご主人を連れて。台所にいると隣からの声が聞えてきます。娘さんはおばさんの前の住所を訪ね、近所の人に引越し先をきいてここへやってきたらしいんです。ちらっと見ただけですけれど、娘さんはたいへんな美人です。どういったらいいのか、水商売の女《ひと》に特有のちょっと崩れた感じの美しさ。もっとも〈水商売の女に特有の〉というのはわたしの直感ですけれど……。ご主人は角刈りで色が浅黒く、スポーツ選手のようなタイプのひとでした。

隣がいっぺんに賑やかになってしまいましたので、その分だけこちらが淋しくなったような気がします。どうかはやく帰ってきてください。

五月七日　　博子

悦男様

3

隣の家のことですけど、なんだかとても変です。昼間、娘さんは台所の仕事やお買物、ご主人は庭の草むしり、おばさんは小学校の給食の仕事。夕方になると娘さんとご主人はおばさんを迎えに小学校へ出かけ、帰ってきて食事と、とてもなごやかなんです。ところが夜になると、さっさと雨戸を閉めてしまいます。そして、おそろしいことを話しているんです。わたしの家の台所と隣の家の居間とは、あなたもごぞんじのように直線距離にして二米ぐらいしか離れていません。それで向うで大きな声を出すとこっちにまで聞えてくるんです。

「貯金通帳をお渡しよ」

「なんに使うんだい」

「なんに使おうとこっちの勝手じゃないか」

「そうはいかないよ。わたしの金なんだから」

「なにいってるのよ。お父さんのお金じゃない。駅前の地所はお父さんのものだったんじゃないの」

「そのお父さんは死んじゃったんだよ。女房のわたしが引き継ぐのは当り前じゃないか」

「ふん。お父さんが死ぬとすぐ男をこしらえたくせに、よくそんなことがいえるわね」

「べつに男をこしらえたわけじゃない。いっしょに成田山へ詣りにいっただけだよ。使い道をはっきりいってくれないうちはびた一文だって渡せないね」

「うちの人と海外旅行に出かけようと思うんだ。四百万円全部出せといってやしない。

半分の二百万でいいんだよ」

「冗談じゃない。商売の資金にいっとき借りたいというのならとにかく、遊びにお金は出せませんよ」

「けち、ごうつくばり」

「おまえの方こそ虫がよすぎるよ」

今夜はこんなことを大声で怒鳴りあっていました。娘さんのご主人の声は聞えない。たぶん、別の部屋でビールかなんか飲みながらテレビを眺めているのじゃないかしら。わたしとは関係のない隣の家のことでも、怒鳴りあっているのを聞くのはいや。胸がどきどきしてしまいます。

明日の朝、隣の家で出すビール瓶の数を調べてみようかしら。隣の家では空瓶は勝手口の外に並べておく習慣があるんです。娘さんのご主人は、今夜、ビールを四本か五本、飲んでいるにちがいない。空のビール瓶を数えることで、わたしの推測の当っていることが証明されるとおもいます。ほかに変ったことはありません。お元気で。

五月九日　　　　博　子

悦男様

追伸。わたしの推測は当っていました。隣の家の勝手口にビールの空瓶が五本、立てあったのです。これで昨夜、母娘喧嘩のあいだ、娘さんのご主人が別の部屋でビールを飲んでいたことが証明されました。

4

隣の家でとても不しあわせなことが起ろうとしています。というのは一昨日、昨日と、おばさんの姿がみえないのです。そこで今日の昼前、庭に洗濯物を干していたら、娘さんが家から出てきたので、

「このところおばさんの姿がみえませんね。どうかなさいましたの」

と、訊ねてみました。娘さんは、

「小学校の給食婦なんて慣れない仕事をはじめたものだから、疲れたらしいんです。それで、この二、三日、家でゆっくり休んでもらうことにしました」

と答えてくれましたけど、じつはこれは嘘も嘘、大嘘でした。というのは夜になって、つまりついさっきのこと、隣からこんな声が聞えてきたんです。

「お母さん、どうしてもお金を出さないといいはるのなら、こっちにも覚悟があるからね」

「な、なんだよ。ロープなんか持ち出したりして」

「お金を出すまで床の間の柱に縛られていてもらいますからね」

すぐにどたんばたんとものすごい音がしました。そしてそのうちにさめざめと泣くおばさんの声……。

いま、やっとおばさんの泣き声がしなくなりましたので、あなたにこの手紙を書きはじめたのですけれど、書いているうちに、わけのわからないおそろしさがひたひたとわたしをひたしはじめ、身体がふるえてきて仕方がありません。それにもし、ふたりがかりで母親をいじめ、おどかしていることをわたしが知っていると娘夫婦が気づいたら、わたしはどうなるでしょうか。おばさんと同じようにわたしも柱にしばりつけられて……そんなのいやです。あなた、はやく帰ってきてください。

五月十二日　博子

悦男様

5

昨夜は台所のテーブルの前でとうとう坐ったまま夜明しをしてしまいました。台所の後片付をしていると、ひいーっというおばさんの悲鳴が隣の家から聞えてきて、そのとたん動けなくなってしまったんです。動くと自分のうしろを娘夫婦が追ってくるような気がして仕方がないの。それで壁を背にしたまま、一晩中、台所にいたんです。

それであなた、おばさんはなんでそんな悲鳴をあげたとおもう。木綿針と煙草の火なのよ。柱に縛りつけたおばさんの手を娘が木綿針で突っつき、入れかわってこんどはご亭主が煙草の火を押しつける。この拷問はひと晩中続きました。ほんとうに地獄です。

「痛いよう。針はいやだよう」

「あついよう。煙草の火はあついよう」

おばさんは三十分に一度ぐらいの割合で叫びます。でも身体がまいっているせいか、その声は叫ぶたびに弱くなって行く。その合間に、

「やめてほしかったら貯金通帳を渡しなさいよ」

という娘の押し殺した声が聞えてくる。手で耳を塞いでもだめ。娘の声は聞えなくなるけれど、おばさんの、すすり泣くような、細い悲鳴は耳を塞いだ手を透してわたしの脳に突き刺ってくるんです。

あなた、わたしはどうしたらいいの。この建売住宅地を出てバス停へ行く途中に交番があるけれど、あの交番にいるおまわりさんに隣で起っていることを知らせるべきでしょうか。それとも、おばさんの悲鳴は聞えなかったことにしておくほうがいいでしょうか。あなたが傍にいてくだされば、こんな心細いおもいもせずにすむでしょうし、こういうときはどうしたらいいか、相談もできます。でもあなたはいない。わたしは耳を押えてただふるえているしかありません。帰って来て。おねがい。

五月十三日朝　　　　　　　　　　　　博子

悦男様

6

昨日の夕方、味噌汁を温めなおしているとだれかがお勝手の戸を叩きました。戸を開けると、おばさんが倒れ込んできました。おばさんはわたしのエプロンのポケットに通帳を押し込みながら、

「おくさん、しばらくそれを預っていてください。娘夫婦に通帳を預っているなんて言っちゃいやですよ。秘密にねがいます」

肩で息をしながら言いました。髪の毛はぼさぼさで、腕はあざだらけ。手の甲には火腫《ぶく》れが四つ五つできています。そしてどの指の先も鱈子のように脹れあがっていました。

「普通預金は損よ」

わたしは世間話をするときのような口調で言いました。さりげなく受け答えをしてあげた方がおばさんも気が楽だろうとおもったんです。

「定期貯金に組みかえた方がずっと得だわ」

「そのうちに郵便局へ行ってそうしますよ。そろそろ娘夫婦が帰ってくる。見つかったらたいへんだわ。それじゃおくさん、お願いしましたよ。あ、それから、わたしが娘夫婦に折檻されていることをどうかほかへは言いふらさないでくださいな。あんなふうに

育てたのがわたしの落度、わたしが罰を受ければいいんです。おまわりさんに知れると、娘夫婦は不法監禁罪や傷害罪で刑務所へ入れられてしまう。それではやはり娘がかわいそうですから」

「で、でも、放っておくとおばさん、あの二人に殺されてしまうわ」

「そのうちにきっと目がさめます。それに実の娘がわたしを殺すようなことはしませんよ」

おばさんはよろけながら家へ戻って行きました。そんなわけで、わたしはおばさんの通帳を預ることになってしまいましたけれど、どうかわたしを責めないでください。お元気で。

五月十四日朝　　博子

悦男様

7

おばさんの通帳をこっそり預っていることが見破られたみたいです。隣の娘さんのご亭主が、庭に寝そべって週刊誌を読みながら、ちらっちらっとわたしの家を見ているんです。きっとわたしを監視しているんだわ。これからこの手紙を郵便局へ出しに行くつもりですけれど、彼はたぶんわたしを尾行するはずです。こわい。今夜あたり、彼はわたしの家へ押し入ってくるかもしれない。
あなた。どうしたらいいの。いっこくも早く教えてください。おねがい。
五月十四日午後　　　　　　　　　　　　博子
悦男様

8

とりいそぎ連絡申しあげます。

わたしは市川市の関場病院に勤務する精神科医師ですが、昨夜、あなたのおくさんの水戸博子さんが関場病院に入院されました。おくさんは回覧板をしっかりと胸に抱きしめ、

「これは隣のおばさんから預った通帳、だれにも渡せない」

と、言い張っています。

おくさんを病院にお連れになったのは隣家の太田常子さん（あなたがオーストラリアに発たれてから隣へ移ってこられた方で、おそらくあなたはご存知ないとおもいますが）で、太田さんは、

「通帳を預けたおぼえは、もちろんない。おくさんはこの数日、ちょっと様子がへんだった。そう、娘夫婦が戻ってきた日の夜から、声をかけても返事はしないし、ひまさえ

あれば自分の家の台所の窓をあけて、わたしたちのことをじっと観察していたようだ」

と言っています。おくさんのはなしでは、太田さんの娘夫婦が貯金を狙っている、そして太田さんに貯金通帳を渡せ、渡さなければ、折檻してやると木綿針で指先を刺す、煙草の火を手の甲に押しつけるなどの乱暴を働いていたそうですが、わたしが太田さんから聞いたところではそのようなことはなかったようです。それどころか太田さんは、娘夫婦とはたいへんにうまく行っている、いつも笑い声の絶えたことがないぐらいです、と言っておられます。娘夫婦が戻ってきてくれたのがうれしくて、またほっとして気もゆるみ、この数日、太田さんは仕事を休んで家に居たらしい。ですが、おくさんにはそれが、

〈おばさんは娘夫婦のために家へ閉じこめられている〉と見えたようです。むろん、残念ながら、これはおくさんの妄想でした。

あなたの住所は簡単に知ることができました。というのは、おくさんの方から、はやくあなたに帰ってくるように言ってください、住所はオーストラリア・西オーストラリア州・パース市うんぬん……という申し出がうるさいほどなされたからです。おくさんはいまのところほかの質問には一切、答えてくれません。太田さんから、

「新婚早々にご主人に長期出張の辞令が出たらしい。おくさんはいつも、人情味のない会社でしょう、とこぼしていらっしゃった」

と聞き、こんどのことの原因のひとつがあなたの急な出張にあるらしい、ということは見当がつきました。が、しかし、わたしはおくさんについてまだまだたくさん知りたいことがあります。でないと治療の方策が立たないのです。なんでも結構ですから、心当りのことがありましたら、お教えください。

また、おくさんやあなたのご両親の住所氏名もご一報ください。なお、おくさんの病状ですが、軽くはありませんが、そう重大なものでもない。あまりご心配はいりません。ただし、できれば一時帰国なさっていただきたい。おそらくそれがおくさんにとっては最良の治療法でしょう。返信を心待ちにしております。

五月十五日　　　　　　　　　　　　　　平塚伝三郎

水戸悦男様

9

お手紙ありがとうございました。

それにこのたびはたいへんお世話になってしまい、お礼の言葉もありません。帰国の際は羽田からまっすぐ病院にかけつけ、お目にかかった上でありがとうを申し上げるつもりでおりますが、ほんとうにお手数をおかけいたしました。

妻の手紙はご参考までに一通のこらず同封いたしましたが、お読みいただければおわかりのように、三通目あたりからすこし調子がおかしくなっております。自分のことも書かず、またわたしへの問いかけもない、ただただ隣家のことを書き綴っているだけです。太田さんが言われたように、隣家へ娘さんご夫婦が戻られた日から、妻の心のなかでなにかが起ったようです。

先生のお手紙をいただくと同時に、東京の本社へ国際電話をかけて、一時帰国を願い出ました。おそらくこの願い出は通らないでしょう——たとえ妻が死んでも、帰ってよしとは言いそうもない会社なのです——が、たぶん厚生部のだれかが病院へ行ってくれるはずです。また、会社からわたしの両親にも連絡が行くでしょうから、おそらくわたしの母がそちらへ参上するとおもいます。わたしがこちらでどんな仕事をしているのか、また、わたしや妻がどういう人間なのかについては会社の者や母に聞いていただくことにして、ひとつふたつおもい当ることを書きつけることにいたします。

妻は私生児です。母親という人は——わたしたちが知り合う一年前に亡くなっており、わたしは写真でしか知らないのですが——妻の父親だった男性からのいくばくかの手切金をもとに小料理屋をはじめ、そこの二階で母子二人でほそぼそと暮していたようです。母親には次々に男が出来ていたらしく、そのせいか妻は母親と暮していたときのことをあまり語りたがらないのです。が、そのあたりにこのたびのことを解く鍵がかくされているような気がします。太田さんは、妻の手紙によれば、玩具屋の主人と不倫な関係にあると噂を立てられたことがあるそうですが、妻の母親の場合もそういう噂はのべつまくなしに囁かれていたらしい。太田さんと話すことはひょっとしたら自分の母親と話すことと同じだったのではないか、素人考えですが、そんなふうにおもいます。

母親に死なれてからの妻は、アパートに移り、そこからわたしの社の社員食堂に働きに出ていました。ウェイトレスをしていたのです。その妻を見そめて一年ばかり交際し、今年の三月末に結婚しました。わたしの父母が猛反対をしましたので、いわゆる結婚式というのは挙げておりません。むろん、入籍その他の手続はきちんとすませてありますが。

そんなわけで妻には、わたしの突然の長期出張がずいぶんこたえたとはおもいます。——以上、思いつくままに書き連ねてみました。どうか妻のことをよろしくお願いいたします。くれぐれもお願い申します。

五月二十四日　　　　水戸悦男

平塚伝三郎様

10

あなたのお手紙はたいへん参考になりました。あなたのおくさんはある種の恐怖症《フォビア》にかかっておられるらしい、という疑いをわたしは最初から抱いておりました。さて成人の恐怖症は、子どものころ経験した強烈な恐怖体験を想い出すことのできたとき治る場合がとても多いので、わたしはあなたのお手紙の、

〈……小料理屋をはじめ、そこの二階で母子二人でほそぼそと暮していたようです。母親には次々に男が出来ていたらしく、そのせいか妻は母親と暮していたときのことをあまり語りたがらないのです〉

というくだりに着目し、そのあたりのことを手をかえ品をかえておくさんにたずねてみました。さて、おくさんがぽつんぽつんと話してくれたことをまとめると次のようになります。

〈ひと月に三、四回、客が二階に泊っていった。そのたびにわたしは押入で寝るように母から言われ、その通りにした。だが、そういう夜にかぎって眠ることができず、唐紙の向うの気配に耳を澄ませていた。するとやがてきまったように母親の悲鳴が聞えてきた。そのたびにわたしはおそろしくなり、石のように身体を硬くしていた。いまではその悲鳴がなにを意味するのかわかるが、当時は母親が客に折檻されているのだと信じていた。悲鳴がやむと、母親の含み笑いがきまってはじまる。とたんに母親に裏切られたような気持になり、自分はひとりぼっちなのだという、言いようのない淋しさを味わった〉

あなたがお書きになっていたように、太田さんの出現はおくさんに母親のことを思い

出させた。そしておくさんは幼いときそうだったように、押入の外の声、つまり隣からの声に耳を澄ませはじめた。同時に、太田さんが娘さんご夫婦に折檻され苦しめられているのだと思い込むことで、かつての母親を罰しようとした。

　これがこんどの真相でしょう。おくさんがこれまで心の底に封じ込めていた子どものころのおそろしい体験を口に出した以上、おくさんの病状は今より悪化することはないでしょうが、もうひとつ、わたしは妙なことをおもいつきました。

　おくさんはひょっとしたら強い閉所恐怖症《クラウストロフォビア》にかかっているのではないか。あなたは口癖のようにおくさんに向って〈地球は狭い〉とおっしゃっていた。また、あなたはウラン燃料滓の捨て場探しという現在のお仕事に批判を持っていらっしゃった。おくさんは右のふたつを繋げて、〈狭い地球が燃料滓だらけになってさらに狭くなる。狭いところはいやだ、あの押入のような、地球になっては困る〉

　と考えたのではないか。いや愛する夫の意見だから、かたくそう信じているかもしれません。閉所恐怖も高所恐怖もその本質は同じで、なれ親しんだ場所で自分を支えてくれた人たちがいなくなり、自分ひとりが孤立してしまうのではないかと考えるときに生じる強迫観念です。おくさんはあなたの口癖やあなたの仕事に対する態度から、この地球、人間のなれ親しんできた場所がそうではなくなりつつあることにおそれをなし、地球をあの押入にみたてたのではないかとも考えられます。

わたしの解釈が当っているとすると、おくさんはまさに先験的な恐怖症患者ということになります。そしてこの場合だったら、おくさんはなかなかよくならないでしょうが……。

なにはともあれ、一刻も早い帰国を祈っております。

五月三十日

平塚伝三郎

水戸悦男様

鍵

1

鞍馬山中には毎日雨ばかり降り続いている。おまけに予想していたよりはるかに寒い。五月末だというのに、スケッチに出かけるときなどは下着を何枚も重ね着しないと風邪を引きそうなぐらいだ。そこで頼みがあるのだが、ラクダのシャツを二組、ここの郵便局止めにして送ってくれまいか。速達小包にしてもらえればありがたい。もっともおまえから小包の届くころは七月初旬になっているだろうし、そのときには天候も回復し世間は暖かく、いや暖かいどころか暑くなっているかもしれない。が、そのときはそのときだ。とにかく急いで手配を頼む。

ついでと言ってはなんだが、ここ鞍馬山中でのわたしの日課を簡単に書きつけておこう。知ってのとおりわたしも五十六歳、初老に足を突っ込んでいるのだろう、朝が早い。

五時にはもう床を抜け出す。宿舎は貧乏寺の離れで、この離れには十五、六畳の部屋が四つある。廊下の突き当りにはちょいとした炊事場が設けられており、目をさますとこの炊事場で湯をわかし、茶をいれ、ビスケットを四、五枚たべる。これがわたしの朝食だ。

この貧乏寺の収入の大半は離れの貸し料だそうである。ここは正確には鞍馬山と桟敷ヶ岳との間の芹生《せりょう》という集落で、海抜は六、七百米はあるだろう。そのせいで夏は涼しい。役所や学校の研修会や研究会が避暑を兼ねてこの寺で行われる。この夏季期間の貸し賃が翌年の夏までの寺の生計を支えるわけだね。

朝食のあと、スケッチブックを抱えて寺を出る。そうしてその日の気分で、西へ行ったり、東へ足を向けたり、北に向って杣道《そまみち》を歩いて行ったりする。往復とも徒歩だから身体にはいいようだ。ここへ籠ってから十日ぐらいは、毎日のように、南西の方角へ歩き周山《しゅうざん》街道へ出て北山杉を描いていた。が、このごろはどうも北の花背《はなせ》へ出かけることが多い。これまでのわたしの仕事を考えてみると人物画、とりわけ美人画がほとんどである。この美人画のおかげでおまえともめぐりあったのであるから、美人画に飽きたなどといっては罰が当るが、とにかくこれから五年ぐらいは山を描きたいと思う。それも山の美しさをただ描くというのではおもしろくない。むかし、わたしたちの先祖は高い山や形の秀でた山を神とみた。田畑をうるおす水も飲料水も、住いの材料となる樹木も煮炊《にたき》するときの薪も、食料となる山菜や果実や鳥やけものや谷川の魚もすべて山からの贈物であると考えて人々は山を拝し祀った。また人々は天候を司っているのも山であると考えていた。山に雲がかかればやがて人々の上に雨が落ちてくる。山の雪の消え具合や山肌に消え残った雪の形で人々は苗代を作ったり田に水を引いたりした。あるいは山の木々の葉の色づき方や散り具合を見て人々は漬物を仕込んだり薪をこしらえたりして近づく冬に備えた。山は神であると同時に正確な天気予報官であり、暦官《れきかん》でもあったわけだ。

まだある。山は神の住まう所であるばかりではなく、物怪《もののけ》のたむろするおそろしい場所でもあった。わたしは耳も聞えず口もきけぬ聾唖者であるから、そのおそろしさを想像で感じるほかはないのだが、風もないのに木々の枝がざわざわと揺れたり、突然、木の葉が音をたてて降ってきたり、だれもいるはずがないのに大勢の笑い声がひびきわたったり、不意に背後でだれかが走り抜けて行く足音が聞えたりするたびに人々はどれほど山をおそれたことだろう。

神であり、物怪の棲む所であり、人間の養い親であり、人々の生活の韻律でもあった山、それをわたしは一管の筆でしっかりと捉えてみたい。花背の山はそういうわたしにとってまたとないモデルになってくれそうな気がする。それで毎日、花背参りをしているわけなのだ。

昼食は花山荘という、花背の山の中にぽつりと一軒だけ建っている旅館でとることにしている。昼食後は一時間午睡をし、夕食用に作ってもらった握飯をぶらさげてぶらりぶらりと芹生へ引き返す。寺へ帰ってひと風呂浴びて握飯に付いている漬物を肴に酒を舐めながら絵のことを考え、やがて眠ってしまう……。

まあ、こんなところがわたしの毎日の日課だ。わたしの歩く山道には車は入ってこない。だから耳が聞えなくても危険はない。安心してください。

ところで書庫の増築工事はもう終っただろうか。工事中は塀をこわしたままであるしなにかと物騒だ。おまけに家にはおまえのほかにはお手伝いの園子さんと和子さんの女三人。梅野君にでも泊ってもらいなさい。梅野君はわたし同様、聾唖者だが、勘はいいし、善良な青年だ。それに彼にはたいへんな才能がある。大事にしてやってほしい。では、ラクダのシャツをたのむ。七月二十日ごろまでには帰京するつもりでいる。

鹿見木堂

五月二十九日夜

鹿見貴子殿

2

これからは当分、山と取組む、とあなたがおっしゃったときはうれしかった。なぜってあなたと肩を並べて仕事場へ入って行く女性モデルを見送るたびにわたしが感じていた、心臓を素手でぎゅっと摑まれるようなあのいやなおもい――簡単に言ってしまえば嫉妬の感情ですわね――にもう見舞われないですむと考えたからです。わたしもあなたと結婚する前は画家の前でポーズをとる機会がずいぶんありました。あなたと結婚する前の一年間はとくにそういう機会が多くて、そう、八人もの先生方のお相手をさせていただいた。ですからそのころのわたしは、日本画の先生方はどうしてこんなに新橋芸者がお好きなのかしら、と首をひねってばかりいました。そんなわけですから、わたしは画家の仕事ぶりをすこしは知っております。みなさん、とてもきちんとしてらっしゃった。なかには露骨なことをおっしゃる方もいました。でもそういう先生でも筆を構えたとたん別人のようになっておしまいになる、全身を目になさって。とくにあなたはまじめだった。まるで聖人のようでした。はじめに「これこれのポーズをとってください」と紙に書いたものをくださる。そこでわたしがあなたから言われたとおりの姿勢をする。二時間か三時間ほどたってから、あなたは手を振ってぺこりとお辞儀をなさる。それだけのことでした。ですからわたしがあなたのモデルに対して嫉妬心をおこすのは、おこすだけくたびれ儲けというものですけれど、それでもやはり、

「うちの先生は男、モデルは女、男と女との間ではしばしば信じられないようなことがおこる。まさかとはおもうけど、そのまさかが絶対におこらないといったいだれが保証できて……」

と考えてしまうんです。

画家はどうなのか知りませんが、モデルとしての体験から言いますと、ときどき妙な気持になるときがありました。画家から「こっちへ目を向けて」と言われる。そこでわたしは画家の目を見ます。画家もわたしを見ている……。すると次第に視線がからみ合いもつれ合ってなんだか天地のはじまり以来、ずうっとそうやって見つめ合っているような、そして他の世界が全部消えてしまってこの世に男は画家ひとりだけ、女はわたしひとりだけというような切ない、でもなんとなく甘ったるい気持が胸に溢れてくるのです。お座敷でいっしょになったお姐さんにこのことを話すと、みんなは、

「あぶない、あぶない。先生はあなたを目で犯そうとしているのよ」

などと囃したてました。

「あなたっていつまでおねんねなのよ。男と女がひとつ枕で寝ることを〈まぐわい〉っていうけど、〈ま〉とは〈目〉のこと、〈ぐわい〉は〈食い合い〉のことなのよ。だから目と目を見合せることはあのこと、と同じなの」

と教えてくれたお姐さんもいました。それでそれからはその先生の視線はなるべく外すようにしましたけど、そういうことだってあなたとモデルとのあいだでおこらないともかぎらない。とても心配でした。

だから「山と取組む」とおっしゃったときはほっとしたのです。でも、スケッチのた

めの山籠りがこんなに長く続くとなると、山と取組むというあなたの言葉がかえって恨しくなります。これではまるで未亡人みたいでしょう。できるだけはやくお帰りくださいね。

書庫の増築工事はちょうど骨組が終ったところです。西ドイツのプレハブですからあと二週間もあればできあがるでしょう。あなたがお書きになったように工事中は不用心ですので住山さんにずうっと泊り込んでもらっています。梅野さんにお願いしようとも思ったのですけど、あの人は園子さんや和ちゃんのうけが悪いんです。ちょっと陰気なところが嫌われるのですね。それに梅野さんは耳も不自由、口もきけない、万一のときにどうも全幅の信頼がおけない……。ごめんなさい。でもこれが園子さんたちの意見なんですよ。わたしはここへ来てまだ一年ちょっと、園子さんや和ちゃんたちにくらべると新参者なんです。だもので、ついついおされてしまいます。

ラクダのシャツ二組、速達便でお送りしました。この手紙と前後してお手許に届くと思います。

そうそう、大事なことを忘れておりました。今日、アメリカ大使館から知らせがありまして、去年、お描きになった『湯あみする女たち』がアメリカ政府買上げと決まったそうです。おめでとうございました。

ではお身体にはくれぐれもお気をつけくださいまし。

六月一日夜　　　　　　　　　　　　　　貴子

木堂様

3

本日、ラクダのシャツ落掌。ありがとう。もっともシャツの届いた日から急に陽気がよくなったのは皮肉だが。ところで住山くんを家に寝泊りさせるのはどうも賛成しかねる。たしかに彼は当りはやわらかであるし、如才がない。が、どうしても一点、信頼しきれぬところがあるのだ。腰が据ってないというのか、覚悟が決まってないというのか、どこへころがって行くのかわからない不安がある。たとえ一生芽が出なくてもいい、自分は絵を描くことを貫き続ける、という決心が彼にはまだできていないのではないか。わたしは住山くんにそういう危惧を抱いている。一日交代でもよい、梅野くんにも泊ってもらいなさい。

ところでおまえはわたしの長い不在に不満があるようだが、困ったことだ。おまえを軽んずるわけでは決してないが、一が画業、二も画業、三、四がなくて五も画業、というのがわたしの生き方だ。これからもわたしは全国のあちこちの山をほっつき歩くことになるだろうが、どんなときでも淋しいなどと言ってはいけない。

六月四日　　　　　　　　　　　　　　木堂

4

貴子様

このあいだの手紙でつい泣きごとを書いてしまい、反省しております。ほんとうにいけないことでした。たしかにあなたはわたしを落籍《ひか》すときにこういう意味のお手紙をくださいましたものね。

「落籍《ひか》すぐらいだから好きでないわけではない。しかし、正直に告白すればわたしには愛情よりも打算がある。これまでひとりで暮してきたが、老境に入るにつれて先行きにすくなからず不安を覚えるようになってきた。病気になったら介添がいる、歩くときにも杖のようなものが欲しい。そこできみにその介添役や杖の役をやってもらいたいと思いついたのだが、承知してくれるだろうか。おそらく夫らしいことはなにひとつできないだろうと思う。それでもよければ家に来てくれ」

わたしはいっしょに住めばそのうちにおたがいに夫婦らしい感情も湧いてくるだろうと思い、あなたの申し出を受けました。けれどもあなたは「ご立派」でした。なにしろ一年前とちっともお変りになっていないのですから。わたしの方はすこし疲れました。やめましょう、こんなことを書くのは。また叱られるだけですもの。

梅野さんのこと、おっしゃるとおりにいたします。明晩から住山さんと交代でうちへ泊ってくれるよう申してみます。

それから住山さんからわたしに、

「秋の展覧会に出品する絵のモデルになってくださいませんか」

という申し出がありました。わたしが茶の間でぼんやりしているところでいい、二、三日、スケッチさせてほしいというのです。出来上ったら『S先生夫人の像』という題をつけるんだ、と言っておりました。傍にちょうど梅野さんがおりましたので、彼に紙とペンで相談しました。梅野さんは「先生の留守中に先生の奥様をモデルにして絵を描くなぞ公明正大とはいえない」と怒り出し、住山さんと摑み合いの喧嘩になってしまいました。もっとも園子さんや和ちゃんがとめに入ってくれましたので、間もなく喧嘩はおさまりましたけど。

もうひとつ、三越百貨店からあなたの展覧会を計画したいのだが、というおはなしがありました。どういう返事をしておきましょうか。それから書庫はほとんど完成しました。みんなでプレハブ工法の素速さにびっくりしております。明日、書画や書籍を書庫へ移すことになっています。

間もなく梅雨がはじまります。どうぞお身体をおいたわりくださいませ。

六月八日　貴　子
木堂様

5

おまえに頼みがある。古証文を持ち出したり、皮肉めかした文章を書いたり、夫婦らしい感情がどうしただのと言ったりしないでくれ。またぞろヒステリィが始まったわい、とそのときは笑い飛ばして忘れたつもりでも、やはり心の底にはそれは澱となって沈んでいるらしく、とんでもないときに思い出し、平常心を乱されてしまう。スケッチの最中に思い出しでもしたらその日一日は仕事にならなくなってしまうのだ。それから三越の件だが、すでに西武美術館からはなしが持ち込まれている。西武美術館の展覧会は来年の秋の予定で、それにはいま準備中の山の絵を十点前後、ほかに山のスケッチを数十枚出すつもりでいるが、三越の方にかかれるとすれば、それからだ。したがって返事を急いでも仕方がない。わたしが帰京したら知らせるからそのときに相談しに来い、と言っておいてくれ。

住山くんがおまえをモデルに、と言い出したらしいが、あの男のやりそうなことだ。つまり、前にも書いたようにやつは如才がないのだ。まあ、おまえの好きにしなさい。ただ断言しておくが、碌な作物《さくぶつ》はできないよ。

六月十二日　　木　堂

貴子殿

6

あなた、おそろしいことが起りました。この手紙がお手許に届くころには、あなたも新聞で事件のあらましを知っておいでになるだろうとは思いますけれど、とにかくできるだけ正確に書いてみることにいたします。

今日、六月十四日の未明、正確には午前三時半、家に賊が侵入し、書庫からあなたが半生かかってお集めになっていた大観、靫彦、古径、青邨、御舟、渓仙などの絵を数十点、持ち去ってしまいました。それればかりではありません。用心のために泊ってくださっていた梅野さんが賊のために首を締められ殺されてしまったんです。

事件が起ったとき、わたしは一階の和室で眠っていました。だれかが、

「奥様、奥様……」

とわたしの胸の上に手をのせて激しく揺ぶりましたので、目を覚しますと、園子さんと和ちゃんがぶるぶる震えて坐っております。どうしたのです、と訊きますと、ふたりは書庫の方を指さして、

「書庫に灯がついている上、ドアが開けっぱなしになっている。どうも様子がおかしい。それに梅野さんの姿が見えないのもへんだ」

と言うのです。そこでカーテンの隙間から書庫の様子を窺ってみますと、たしかにふ

たりの言うとおり、ドアは開いたまま、電気はつけっぱなし。怖かったけれどわたしも一家の主婦、ありったけの勇気をふるいおこし、ふたりを連れて書庫へ行ってみました。入口のところに梅野さんが倒れていました。そして書庫の内部は紙屑籠の中味をぶちまけたように散らかっておりました。わたしたちは腰を抜かししばらく抱き合っていました。それから地面を這って母屋へ引っ返し、警察に電話をしました。

あとはもう三人で布団をかぶって震えておりました。

警察のはなしですと、賊は細紐で梅野さんの首を締めたのだろうということです。それから垣根のそばの溝の中から、くしゃくしゃにまるめたコクヨ製のメモ用紙が四枚発見されました。メモ用紙四枚のうち二枚は梅野さんの筆蹟で、

①みてください。わたしは聾啞者です。耳も聞えません。口もきけません。

②納戸の隣が台所です。台所の冷蔵庫の上に鍵板があって、そこに鍵がいくつも架かっています。鍵には名札が着いていますからすぐわかります。

と書いてありました。

あとの二枚は賊が書いたものでこうです。

③うごくな。書庫の鍵はどこだ。

④それでは一緒にこい。

ですから順序としては①③②④となります。刑事さんの組み立てた推理を参考までに

書いておきましょうか。

「まず賊は垣根のこわれたところから侵入し、まっすぐ書庫へ行った。ところが書庫のドアには鍵がかかっている上に、窓は明り取り用で小さく、入り込めない。しかも高窓なのでなおさら無理だ。そこで賊は玄関横の三畳間の窓をこじあけて家のなかに入り、たまたまそこで寝ていた梅野さんを締めあげ、①③②④の順序で筆談を交わし、一緒に台所へ行き、鍵を手に入れた。次にやはり梅野さんを連れて書庫へ戻り、鍵でドアを開け、絵を物色しはじめた。隙を窺って梅野さんは外へ逃げ出す。賊は追いすがって首を紐で締めた……」

あなた、やはり梅野さんに泊ってもらうべきではなかったんです。住山さんだったら、賊が三畳間の窓をこじあけようとする物音で異変を察したはずですから。

いまは朝の八時。住山さんに来てもらいましたし、お日様も出ていますから、なんとかなっています。でも、また夜がやってきたら……。あなたは耳がお悪いし電話は役に立ちません。いっそ京都の山奥へ出かけていこうかとも考えましたけれど、お出かけになる前、あなたは、「わたしが死んだという知らせがあったら来てもよろしい。しかし、それ以外の理由では来ることはならぬ」

とおっしゃった。この二十世紀の世の中にわたしが頼れるのは手紙だけだなんて、こんなもどかしいことってあるでしょうか。この手紙が着き次第、ご帰京なさってください。おねがいいたします。

六月十四日　　　　　　　　　　貴子

木堂様

7

事件が起ってからまる二日たちました。前のわたしの手紙はもうあなたの許に着いているはず。わたしの手紙をお読みになったあなたはいまごろご帰京の準備をなさっているところかもしれません。そうなりますとこの手紙は書くだけ無駄というものですけれど、ご帰京なさらない場合を考えてその後の経過を記すことにいたします。

あなた、事件は思いがけない方向へ発展しました。今朝、住山さんが梅野さんを殺害した容疑で四谷署へ連行されてしまいました。刑事さんたちは園子さんや和ちゃんたちから、いつぞや梅野さんと住山さんが摑み合いの喧嘩をしたことや、梅野さんの才能をあなたが高く評価しており、そのために住山さんが梅野さんを嫉妬していたことなどを聞き出し、ずうっと住山さんに目を付けていたらしいのです。そして昨夜、住山さんがうちへ泊りにやってきた留守を狙って、彼のアパートへ踏み込みました。刑事さんたちは、住山さんのアパートでなにを発見したとお思いになります。なんと、天井裏からあなたが大切にしてらっしゃった大観の水墨が一幅でてきたんです。

「木堂先生が自分よりも兄弟弟子の梅野の方を高く買っている。それが住山を絶望的にした。もう絵筆なぞ投げ捨てて木堂先生のところを出てやろう。しかしその前に駄賃がわりに先生の所蔵する名画を盗み出そう。叩き売ってもスナックを一軒出せるぐらいの金にはなるだろう。住山はこう考えたのでしょうな。仲間もいたはずです。で、仲間と、たとえばストッキングかなんかをかぶって侵入した。ところが土壇場で梅野に正体を見抜かれてしまった。そこでそれまでの恨みもあって梅野の首を締めた……。われわれはいまのところ、こんなふうに考えております」

刑事さんはこう説明してくださった。

「じゃあ、あの四枚のメモはどうなりますの」

わたしはたずねてみました。

「相手が住山さんだったら、梅野さんは『わたしは聾唖者です……』とは書かなかったはずですわ。それに……」

「ですから、奥さん、住山はあくまでも手引きで、表に立とうとはしなかったのです」

「それに、住山さんは鍵がどこにあるかも知っていたはずですし……」

「住山にはそれだけの手続が必要だったんですよ。台所から鍵を持ち出し、すんなりと書庫をあけたのでは、自分がまっさきに疑われてしまうだろう。やつはそう考えたのですな。まあ、そのうちに住山はすっかり泥を吐くでしょう。そのときにもっと詳しく説明してさしあげますよ」

わたしの知っていることはいまのところこれぐらいです。なお、今朝、梅野さんのお母様が挨拶にみえられました。高知から死体を引きとりに出ていらっしゃったのです。マスコミの取材がすごくてもうほとほと音をあげてしまいました。おはやくお帰りください。一生のお願いです。

六月十六日正午　　　　　　　　　　　　　　　貴　子

木堂様

8

あんまりです。ほんとうにあなたはひどい方です。人間らしい感情をひとかけらも持ち合せていらっしゃらない。事件発生以来五日になるのにいまだに手紙一本くださらないとはどういうことでしょう。梅野さんが亡くなり、住山さんは留置場へ連れ去られ、わたしはおびえ切って夜も眠ることができないでいる。それなのにあなたはスケッチブックを閉じようとなさらない。あなたにとってスケッチすることが梅野さんの命より、住山さんの一生より、そしてわたしより大切なのでしょうか。

園子さんも和ちゃんもたいそうおびえているので今夜から、うちに出入りしている呉服屋の番頭さんにでも泊りに来てもらおうと思っていますけど、それはとにかくどうか一刻も早く東京へお帰りください。このままではわたし、ある決心をしなくてはなりません。

　　六月十九日　　　　　　　　　　貴　子

　木堂様

9

貴子よ。六月十四日付のおまえの手紙を読んだときのわたしのおどろき、悲しみ、そして運命の女神へのいきどおりを察してほしい。わたしは十六日（十四日付の手紙を受け取った日である）から今の今まで、一歩も外へ出ず、ただただ梅野くんのことばかり考えている。

　ところでさっき、十四日付の手紙のなかの四枚のメモの文句を眺めているうちに、わたしの脳裡にひとつの天啓が閃めいた。そして、とたんにすべてを理解した。

貴子よ。手短かに言おう。この四枚の筆談メモのうち、梅野くんの書いたという①と②は明らかに偽造である。こんなものを梅野くんが書くわけがない。いや、書くことができるはずはない。なぜか。②のメモの文句を思い出してほしい。

「……そこに鍵がいくつも架かっています。鍵には名札が着いていますからすぐわかります」

傍点を付した二個の漢字、ここにこの忌しい事件の真相を究明する鍵がある。すなわち、梅野くんもわたしも、いやすべての聾唖者は文字を形で憶える。耳が聞えないから音で憶えることはできないのだ。したがって普通人のように「掛かっている」を「架かっている」、「付いています」を「着いています」などと書くことはあり得ない。もっといえば聾唖者には〈同音異字〉は存在しない。なにしろわれわれは〈架ける……ふたつの物の間にまたがらせること〉、〈着ける……①目的のところまで行かせること。②体に持つようにすること〉というふうに厳密に文字を記憶するのだからね。

となると、この①と②のメモは梅野くんの筆蹟を真似て、普通の聴力を持つだれかが書いた偽物というわけだが、ではそのだれか＝真犯人はなぜそのような細工をしなければならなかったか。答はひとつである。真犯人は内部の人間だ。彼（あるいは彼女）はそのことを隠し、犯人は外部の人間であると思わせるために偽の筆談メモを現場近くへ捨てたのだ。①の「みてください。わたしは聾唖者です……」というメモが犯人外部説を必然的に選択させるだろう。真犯人はそれを狙った。

さて、真犯人が内部の人間だとすると、怪しいのは住山と、貴子よ、おまえだ。だが、住山には人を殺害するだけの「強さ」はないと思われる。天井裏から大観の水墨が出てきたことなぞ証拠にもなにもなりやしない。真犯人が、住山が疑われていることを知って、さらに容疑を深めるためにこっそり彼のアパートにしのびこむことも充分に考えられる。

貴子よ。はっきりと言おう。おまえはわたしの許から去る決心をしたのだ。自分よりも仕事をはるか上位に置く夫に失望したにちがいない。それに男もいたのではないか(わたしは呉服屋の番頭が怪しいと思っているが)、だが自分から別れると言い出せば多くの慰謝料は期待できない。そこで狂言強盗をやることにした。ところが梅野くんに怪しまれて……。

こんなことはおまえがいちばんよく知っているはずだからもう書くまい。貴子よ、さようなら。わたしは四谷署宛の手紙もこれと同時に投函するつもりだ。

鹿見木堂

六月二十二日
(旧姓)権藤貴子殿

10

お手紙ありがとうございました。

今日、四谷署の刑事さんがいらっしゃって、

「お宅でなにか事件があったのでしょうか。じつは木堂先生から署宛でこんな手紙をいただきましてな」

と、あなたの手紙を見せてくださいました。それでわたしはこう説明しました。

「主人が泊っている芹生のお寺の住職さんが電話で『木堂先生の根のつめようときたら人間業とも思われません。このまま放っておくと病気になってしまう』と言ってきたのです。主人は他人の意見をききいれるような人ではありませんから、ここにいる梅野さんや住山さんと相談して架空の殺人事件をこしらえあげたんですわ。でも一方的にだますのも悪いし、露見したときにこっぴどく叱られてしまいますので、架空の事件であるという鍵をのこしておきました。筆談メモ①②③④の冒頭の文字を横に読むと、

①みてください……

②なんどの隣……

③うごくんじゃない……

④それでは一緒に……

ほうら、〈みなウソ〉となるでしょう」

刑事さんは笑い転げ、やがてふと真顔になって、

「それでも山をおりないとは、さすが木堂先生だ。たいしたものですな」

と何度も首を振っておりました。わたしも梅野さんも、そして住山さんも刑事さんと同意見です。ほんとうにあなたはすごい方です。でも、おねがいですから、一度、東京にお帰りになってください。後生です。みんな心配しているんですよ。

六月二十四日　　　　　　　　　　　　　　　　　　　　　　　　鹿見貴子

木堂さま

追伸。こんどの架空殺人事件でいちばん損をしたのは住山さんです。もうあなたにさんざんこきおろされて……。いつかやさしい言葉をかけてあげてくださいね。

11

またわたしの仕事の邪魔をしてくれたな。みんなを叱るために来週の火曜の朝、山をおりる。覚悟していなさい。

六月二十七日　　　　木　堂

皆々様

桃

1

前略ごめんくださいませ。わたしは「サロン・ド・シャリテ」の代表をしているものでございますが、じつはあなたがた「白百合天使園」にとてもよい知らせがあり、とるものもとりあえずペンをとりました。

わたしどもの「サロン・ド・シャリテ」はこのS市の、医者のおくさん、地元の老舗《しにせ》商店のおくさん、当市の国立大学の教授、助教授のおくさん、東京に本社のあります有名一流会社の支店長や出張所長のおくさん、地元文化人のおくさんなど五十余名で、この春、結成されました社交クラブでございます。

例会は月二回、第一土曜と第三土曜の午後、駅前のSホテルに集まって、茶会を開いたり、東京から高名な小説家をお招きしてお話を伺ったり、地元新聞の敏腕記者を囲んで時事問題のお講義を受けたりしております。このあいだの七夕祭にはホテルの宴会場を借り切りはじめての総会を開催いたしました。ブュッフェスタイルの夕食会で、入場券を二百枚、一枚二万円で売りまして、全部売切れ、その純益が二百三十五万円ほどになりました。市長ご夫妻や大学の学長先生、それから当市の名誉市民でいらっしゃる彫刻家の高田亮先生もおみえになり、それはたいへんな盛会でございました。

その日から二週間、わたしどもはこの純益金の使い途について全員で話し合いました。話し合いはだいぶ揉めました。消防署へ救急車を贈ってはどうか。もうすこしお金を集めて保健所に健康診断車を寄付しよう、市立図書館に「シャリテ文庫」というコーナーを設けるのはどんなものかしら、大学の事務局にお預けして、これはという優秀な学生に奨学金として貸し付けては、市内のバス停に灰皿を設置する資金にしよう、シャリテ賞という賞を作り、毎年、このS市でもっとも働きのあったひと五人に副賞二十万円の賞を差しあげよう、市内の小学校に二十三万五千本の鉛筆を贈ろう……、いろんな案が出ました。一時はどなたもご自分の案を引っこめようとなさらず、代表のわたしなどは「これはひょっとするとこの社交クラブは半年で空中分解かしら」と、心配したほどでございます。

ところが今日の午後の例会で、あるおくさまがとてもいい意見を出してくださったのです。そのおくさまはこうおっしゃった。

「わたしたちに共通するのは全員が母親である、ということです。だとしたら、この母親の立場をどこまでも貫き通したらどうかしら。たとえば、わたしの家の近くに『白百合天使園』という養護施設があります。園児は未就学児童から中学三年まで八十名ぐらいいるらしいけど、そのうちの半分が孤児だそうです。……どうしてこんなことを知っているかと申しますと、わたしの末の娘が小学校でこの白百合天使園から通っている男の子と同級なんです。施設では第一日曜が家族との面会日なんですって。あとの半数の子には片親や親戚がある。片親や親戚たちは『かわいそうに日頃はなにもしてやれない、せめて月に一度の今日だけはできるかぎりのことをしてやろう』というので御馳走は持ち込む、本や玩具は抱えてくる、なかには遊園地へ連れ出すひともいる。それを孤児たちはじっと指を咥えて眺めているわけですね……。この話を娘から聞いたとき、ひとりでに涙がこぼれてしまった。施設の子どもの内部《なか》にまで、片親や親類のあるなしで、こんなにもちがうふたつの階級ができてしまっている、こんなこと許されていいのかしら、そう思いました。そこで提案いたします。毎月一回、第一日曜、全員で白百合天使園へ出かけて行き、孤児たちの一日母親になるというのはどうかしら。二百三十五万円はそのときのお弁当代、お土産代、それからどこかへ連れ出すときの資金に充てるわけですわね。それでもお金が余るようなら、優秀な中学生の孤児が高校へ上るときのための学資に積み立てる……。いかがですか」

会員のほとんどのみなさんが賛成なさいました。そしてその結果、わたしはこの手紙を書いております。金品を贈ればそれで事は終れりというスタイルの慈善事業ではなく、会員のひとりひとりがそれぞれ不幸な子どもの母親となって、こまかく世話を焼き、力になってあげる、このようなやり方を会員の討論によって発見できたことを、わたしどもは誇りに思っております。どうかわたしどもの気持をお汲みとりくださいまして、あなたがたのお仲間に加えてくださいませ。お返事をお待ちいたしております。お返事をいただき次第、こまかい打ち合せのために、役員とそちらへ出かけてまいります。

八月二十日

サロン・ド・シャリテ

代表　片桐枝美子

白百合天使園園長様

2

尊い真心のこもったお手紙をほんとうにありがとうございました。わたしどもの施設には、副園長が一名、指導員が五名、保母が七名、栄養士が一名、調理係が二名、洗濯補修が二名、営繕係が一名、書記が二名、わたしも入れて二十二名の職員がおります。毎週月曜の朝、子どもたちを小学校や中学校へ送り出したあと、二時間の職員会議を持つのが、開園以来つづいているここのきまりなのでございますが、さっそく今朝の会議のときにあなたのお手紙を全員で読ませていただきました。こんなことは書くまでもございませんが、みんなたいそうよろこんでおりました。書記のおじさんなどははじめからしまいまでハンカチを目に当て通しだったほどでございます。

ところで、お手紙にもありましたように、係累のない子どもと、身より頼りのある子どもとの扱いはなかなか難しく、わたしどももずいぶん悩みました。がしかし、子どもたちと長い時間かけて話し合った結果、いまのところは、子どもたちもそしてわたしども職員も次のように考えております。

〈自分の境遇をまずしっかり把握すること。そうして決して悲観しないこと。次に、自分が頼りにできるのは自分だけなのだから、自分をすこしでも強くし、自分の質をすこしでも向上させ、自分を自分のためにはとても頼り甲斐のある人間にすること〉

お金がないのに「お金があったらなあ……」と考えても仕方がない。それと同じように、親がいないのだから「親がいたらなあ」と他人を羨しがってもどうにもならない。「親がいたらなあ」と羨しがってもし親ができるなら、いくらでも羨しがっていい。でもそんなことはありっこないのだから、羨しがるのはよそう。――これがここにいる親のない子どもたちの辛い思いを重ねてようやく手に入れることのできた考え方なのです。そんなひまがあったらすこしでも自分を肥《こや》しておこう。やっとそこまで覚悟が決まったところなのです。

ですから親のない子どもたちは、月一回の、片親や親戚のある子どもたちに面会人のやってくる日になっても、べつに態度を変えたりいたしません。かえって「やあ、よかったな」と肩を叩いてやったりするほどです。一方、面会人がやってくるからといって威張ったりする子もおりません。こんなこと、ひとに威張るほどのことではないとみんな承知しているのです。

「子どもがそんなに聞き分けのいいはずはない」

とおっしゃるかもしれませんが、これは事実です。面会日にこちらへおいでになり、ご自分の目でおたしかめくださったら、わたしの申していることが嘘ではないことがおわかりいただけるとおもいますが。

そういうわけですので「一日母親」の件は、ご好意はありがたくおもいますが、お考え直しくださるわけにはまいりませんでしょうか。これはわたしひとりだけではなく、全職員の一致したおねがいでございます。

厚かましくも、さらにおねがいを重ねさせていただきますと、もしそれでもわたしどもにご援助くださるお気持がおありでしたら、全額をこちらにお預けくださるようお取り計いくださいませ。わたしどもは持ち時間をすべて子どもたちと接触することに費しておりますので、子どもたちにいまなにが一番必要か、子どもたちはいまなにを欲しがっているか、すこしはわかっているつもりでございます。子どもたちのために生《い》き金《がね》を使うことができるのは自分たちだ、自分たちしかないのだ、という自負もいささか持ち合せております。どうかわたしどものおねがいをお聞き届けくださいますように。たいへんに不躾な返事になってしまいました。お許しくださいませ。

八月二十二日

白百合天使園長

テレジア小原純子童貞

片桐枝美子様

3

はっきり申しあげます。あなたがた職員はすこし傲慢でいらっしゃる。でなければたいへんな自信家ぞろいのようです。わたしどもは、これまでのようなお座なりのやり方で「ひとだすけでございい」と澄ましているのがたまらなくいやなのです。偽善じみた慈善を排するために「一日母親」というやり方をとろうと決心したのです。そこをどうかご理解ください。もちろん「一日母親」は出発点です。あなたがたの施設のAという子どもと、わたしどものグループのBという母親が、ある日、一日だけ母子になる、これが第一のステップ。おたがいに気が合えば、手紙を交換したり、ある日曜日には逆にAがBの家へ遊びに来たりして、二日母親、三日母親、そして三百六十五日母親とこの関係をより深め、さらに強めて行く。そして、高校進学や勤め口の相談までできるような間柄になる。これがわたしども会員の究極のねがいなのです。それに金はもらってやる、しかし使い道については一切口を出すなとおっしゃられても困ります。こちらの意図とずいぶんちがってきますから。

あなたは、白百合天使園の子どもたちは「自分の境遇をしっかり把握している」とお書きになりましたね。もしも、それがほんとうならば、なぜわたしどもの「一日母親」の試みをそのように拒否しようとなさるのでしょうか。もっと自信をもって子どもたちに新しい境遇をお与えになってはいかがでしょう。ご再考をおねがい申し上げます。

八月二十六日

サロン・ド・シャリテ

代表　片桐枝美子

白百合天使園園長

小原純子様

4

お手紙ありがとうございます。わたしの筆の拙さがみなさまのご立腹を招いたようで、ほんとうに申しわけございません。わたしの言いたかったのは、ことばは熟しませんが、善意の権力というようなことで、こんども上手に説明できるかどうか自信がなく、便箋を前にだいぶ長いあいだ考え込んでしまいました。が、そのうちにふと、十二、三年前にある東京の女子大の校友会雑誌に、わたしのいまの気持をほとんど完璧に代弁してくれる小説が載っていたことを思い出し、修道院の屋根裏の物置のトランクの中から持ってまいりました。お忙しいところを恐縮ですが、ここにその小説の部分を切り取って同封いたしますので、ひと通りお読みになってください。

創立三十周年祭記念創作募集第一席

桃

舟倉道子

東京のある女子大の児童文化研究会の一行六名が、東北でも最も遅れているといわれる寒冷地の小村の村役場に辿りついたのは七月のとある夕方のことだった。

一行を村役場の宿直室に招じ入れた老吏員は、さっそく井戸に吊しておいた西瓜を割って供したが、六人の女子学生たちは宿直室の赤茶けた畳の上に寝転がり、肩で息をつき、犬のように舌をだらりと垂らし、口も満足にきくことができないほど疲れ切っていて、折角の西瓜も半分以上もたべ残した。それでも、一息ついたら元気がすこし出たと見えて、リーダーらしい女子学生が口をきいた。

「わたしたち、今夜はここで休めばいいんですね」

「とんでもねえです」

老吏員はあわてて手を振った。

「宿舎は別にちゃんと用意してあるんでして。村長の家に泊っていただくことになっておりやんす」

六人のうちのだれかが大儀そうに呟いた。

「じゃあまた歩くの。やれやれだわ」

「村長の家はそう遠くはありませんです。すぐそこでやんして……」

老吏員が東北人特有のまわりくどい口調で村長の家までの道順を説明しはじめると、だれかがまぜっかえした。

「遠くて近いは男女の仲、近そうで遠いは田舎の道」

立往生して頭をかく老吏員を見て、女子学生たちはくすくす笑った。だいぶ元気が恢復したらしい。

「とにかく村長の家の隣が学校でやんすので、明日は楽ですわい。それにしてもまあ、こんな離れ小島のようなところによくぞおいでくださいましたな。村には七十二人の小学生と中学生がおりやんすが、みな明日の人形劇をそれはもう楽しみにして……。むろん、あたしどもも拝見させていただくつもりでおりやんす」

老吏員は女子学生たちのたべ残した西瓜を下げながら、彼女たちが疲れ切っているのも無理はない、と考えた。

（なにしろ東北本線を支線に乗り換えて、その支線の終点からバスで三時間半。バスの終点からさらに歩いて二時間。ここは東京からまるまる一日はかかる山の中だからねえ。都会の娘っ子には、ちょっとばかり酷な道のりかも知れねえな）

小一時間ほどして、村長が迎えにやってきた。五十歳前後で、煙草の脂《やに》で黄色くなった爪をし、その爪で薄くなりかけた頭髪をかいてよく喋り、そのためにやはり脂で汚れた歯を見せる小柄な男だったが、ふしぎなことにあまりいやらしい感じはなかった。

老吏員の用意してくれた役場の名入りの提灯で道を照して先導しながら、村長は女子学生たちに言った。

「あんたがたが村へ見えられたということは、こりゃこの村にとって大した事件でやんすよ。というと大袈裟な男だとお笑いになるかも知れんがこれは誓ってほんとうで。一年に一度か二度、県庁から巡回映画班がまわってくるぐらいで、村の連中にとっちゃ人形劇を見るなんぞ生れてはじめてのことなんでやんすから……」

「でも、テレビはあるでしょう」

リーダーの質問に村長は提灯を横に振って、

「NHKは日本全土の九十八パーセントを電波で覆ったと豪語しとるが、この村は残り二パーセントの最難聴地域のひとつなんじゃて。四方八方山ばかり、テレビ塔を三つも四つも立てないとこの村には電波は届かんという話だわ。じゃからこの村で自慢できるのはうまい空気と小鳥の囀りぐらいなものよ、いまのところは……」

「まあ、きれい」

そのとき、だれかが感嘆の声を放った。

「ねえ、みんな空を見て。世界中の宝石をひとつ残らず集めて、それを全部、空に貼りつけたみたい」

たしかにそれは美しい星空だった。プラネタリゥムでしか、星の輝きを見たことのない娘たちは、しばし立ちどまって、光の洪水に心を奪われていた。思わず手を伸して星を摑もうとした女子学生もいた。

「きれいな星空だことはたしかだ」

村長は提灯の火で煙草をつけながら苦笑した。

「だけども、わしらは星の光を吸って命をつなぐわけには行かねえんだわ。ずーっと昔からこの村は炭焼きで喰ってきたが、それはもうはやらん。なんとかして新しい方途《みち》を見つけねえとどうにもならんところまで村は追い込まれとるんでやんして、村長としても頭の痛えところだべあ。おっと足許さ気を付けて。小川が流れておりやんす。小川を渡ればわが家でさ」

村長の家で出た夕食は、干《ほし》わらびと干ぜんまいの味噌汁に、干にしんと昆布の煮付で、村の貧しさがこの夕餉からも窺われるようであった。

夕食後、女子学生たちは、明日の公演に使う胴使《どうづか》い人形を組み立てたり、背景幕の皺をのばしたりしはじめたが、ふとひとりが言った。

「重い人形や道具を担いで山道を登っていたときは、どうしてあたしはこんな地の涯みたいなところへ来てしまったのかしら、と正直いって後悔していたのよ。こんな苦労をすると知っていたら、海の家かなんかでアルバイトをしていた方がよっぽどよかった、お金が稼げてその上遊べるし、なんてね。でも、やはり来てよかった。だってすてきな星空が見れたんだもん。ほんとうにこのへんは天が近いのね」

「明日のいまごろは、その十倍も来てよかったと思うはずよ」

人形の胴串《どぐし》の針金をまっすぐにのばしていたリーダーが言った。

「あなた、公演旅行に参加したのははじめてでしょ。だからわからないでしょうけど、わたしいまから予言してもいい。児童文化に飢えた貧しい子どもたちが人形劇にわれを忘れて夢中になっている光景を自分の眼でたしかめるときの喜び――。その喜びは一生忘れられないものになるはずよ」

そのとき、またたれかが感嘆の声をあげた。

「流れ星だわ」

六人の女子学生たちは息をのんで光の尾を見つめ、それが消え去ったあとも、長い間、夜空から目を落そうとしなかった。びっくりするほど近くで、杜鵑《ほととぎす》が一声啼き、続いてどこかで、山竹の裂ける音がした。

あくる朝、六人の女子学生たちは、数十数百の小鳥たちの啼き声で目を覚した。

小川の水で洗面を済ませた六人は村長の家のまわりを散歩した。村長の家の裏手は痩せた畑で、畑の向うが小学校になっており、畑の中央に、貧弱な桃の木が一本、朝の陽光を浴びて金色に輝く実を十個ほどつけて、立っていた。純白の地に淡紅色のぼかしを浮びあがらせた桃の実は、六人になんとなく、この寒村にふさわしくないという印象を与えた。リーダーは手近かの桃を掌で包みこむようにして触った。

「熟しているみたいよ。とても柔かい」

他の五人も桃の実を指で弾いたり、つまんだりした。

「これ勝手にもいでたべちゃったら、村長さんに叱られるかしら」

だれかがそんなことをいいながら、もう桃をもいでしまっていた。リーダーも桃をもぎ、両手の掌でごしごしこすった。

「叱られるもんですか。去年、山形を公演旅行したとき、やっぱり宿舎の隣に洋梨がなっていてね、無断でたべて、あとで洋梨おいしかったわと言ったら、帰りに持ち切れないほど洋梨をくれたわよ」

もうすでに六人は六個の桃を手にしていた。一口、がぶりとやってリーダーは果汁が多いのに驚いた。そして口尻を掌で拭いながら言った。

「おいしいわよ。とても甘い。ただ、繊維質がずいぶん多いわ。まあ、中級品てとこね」

若い娘たちの健啖はたちまち桃の木を裸にした。二個たべたものもおり、一個しかたべられなかったものもいたが、一個しかたべられなかったものは、二個たべたものの幸運を羨んだ。

六人は、それから、学校に機材や人形を運び、教室の窓を暗幕で覆い、にわか仕立ての人形劇場をこしらえた。作業中にときどき、歯をせせる音がしたのは、桃の果肉の繊維質が、だれかの歯に引っかかっていたせいであろう。

あらかた準備が終って、朝食になった。リーダーが、村長さんの姿が見えないけどもうお出かけですかと、村長の妻に訊いた。

「へえ、ついさっき役場へ行きやした」

村長の妻は、六人に茶を注ぎながら答えた。

「なんでも、昨夜遅く役場に県庁から電話があって、急に偉い技官の先生が今日の午後、この村さおいでなさることになったとかで、今朝はずっと役場さ出はって行ったきりで……」

「わたしたちの公演のことが県庁にまで伝ったのよ」

リーダーは冗談を言った。

「それでわざわざ県庁から見物にやってくる……」

女子学生たちがリーダーの冗談に自負心をすこし擽られてにこにこしているところへ、村長が踊るような足どりで戻ってきた。村長の妻が、

「おかえりやんし。朝飯《はん》どうしやす」

とたずねる。しかし村長はそれには答えず、炉端《ばた》にどっかと腰を据えると、煙草に火をつけうまそうに一服喫いつけた。

「どうなさったのかね」

「とうとうくるぞ。県庁から技官がやってくるぞ」

「それはいま奥さんから伺いましたわ。でも、村長さん、ずいぶん嬉しそうね。技官がくるのがどうしてそんなに……」

リーダーにみなまで言わせず村長は喋りはじめた。

「わしは若い頃、兵隊にとられて中国大陸に行っとったんだが、上海に上陸して最初に口にしたのが桃だったんでやんす。上海水蜜というやつでねえ。汁気も甘味もたっぷりで、世の中にこんな旨いもんはまずふたつとあるまいと思った」

どうやら長い話になりそうな気配である。六人の女子学生は、両手を後に身体を支え

たり、寝っころがったりして、村長の話に聞き入った。

「復員して帰ってきてからも、どうしてもあの桃の味が忘れられねえ。それでいっそのこと自分で桃を作ってみようということになったんでやんす。ところが、みなさんは知っとられるかどうか、桃には耐寒性がない。寒いところじゃ育ちにくい。日本じゃ、山形、宮城以北では無理ということになっとる。だもんで失敗の連続でなあ」

汚れた食器をまとめて小川の洗い場に運ぼうとしていた村長の妻が、ここで合の手を入れた。

「ところが桃ぐるいなどと陰口を叩かれて、ずいぶん肩身の狭い思いをしたもんでやんす」

「けど、わしゃ挫けなかった。寒さに強い桃の台木を探して日本国中ほっつき歩きましたわ。そりゃ何度もやめようと思った。が、これはわしひとりの道楽じゃねえ。村のためにもなることだと考え直し、とうとう山形で《カネナカモモ》という寒さに強い桃の台木を見つけた。台木が見つかりゃあとは根気と丹精でねえ。その台木にいろんな種類の桃の芽つぎ、切りつぎをし、四年前にとうとうわしは、これならこの村でも桃の栽培が出来るだろうという品種をつくることに成功しやした。裏の畑に立っているのが、その桃の木なんだが……」

村長は二本目の煙草に火をつけた。

「この村の生業はいまのところたいしたものはないが、ここで桃が育てば、村の暮しはすこしは楽になる、そう思いつめて辛抱したのが実ったんでやんす。桃の木は一昨年三個、昨年六個、そうして今年は十個の実をつけた。今年のはまだ食っちゃいないが、昨年のも一昨年のもいい味でねえ。そりゃ、あの上海水蜜にはとても太刀打できないが、商売には充分になる味でやんした。さて、しかしでやんす。村の生業にするにはまず金がいる。そこで県に補助金の申請をしたら、県の技官がこう言ったもんだ。『なにを馬鹿こく。この県で桃の実がなるわけねえでねえか』。わしはだから言い返してやった。『わしが馬鹿かどうか、桃がなっているかどうか、あんたの目ン玉でたしかめてから決めてもらいてえ』とね」

村長は心から嬉しそうに笑った。六人の女子学生たちはもう寝ころんではいなかった。六人は正座し、リーダーは正座した上に蒼白になって震えていた。

「で、きょう技官がはるばるやってくるってことになったわけで。裏の桃の木を見、あの桃の実に触れ、桃の実を喰ったら技官殿も腰を抜かし、補助金の申請を認めてくださるにちがいねえ。いつか近いうち、この村は桃源境になるんでやんす。……はて、みんな、どうなすったかね。いやに改まっちまって」

このとき、村長の妻がばたばたと土間に駆け込んできた。

「ねえよ、桃の実がねえよ。あんたあ、桃の実がねくなってっこったよ」

人形劇の公演は午前十時にはじまったが、入りはひどく悪かった。〈村にとってこの上なく大切な桃を盗んだ連中の芸など見ちゃならねえ〉と言って、子どもを寄越さなかった親が多かったのである。リーダーは人形操作とナレーターとを兼ねていたが、その声は重く、元気がなかった。

「むかしむかし、あるところにおじいさんとおばあさんが住んでいました。おじいさんは山へ柴刈りに、おばあさんは川へ洗濯に行きました」

（……だれかが昨夜言ってたように、わたしたちなんか、海の家でバイトしながら遊んでいたほうがよかったのかもしれない。自分のためにも、そしてこの村のためにも……）

リーダーの声はもう泣いているようであった。

「……おばあさんが川で洗濯をしておりますと、川上から大きな桃がどんぶりこ……、どんぶりこ……」

……賢明なみなさまのことですから、もうわたしがなにを言いたいのか、おわかりになったはずです。村長にとって、村の人たちにとってその桃がどういう意味を持っているのか、そういうところをきちんと踏まえていない善意などは、ものの役にも立たない。

それどころかかえって邪魔になる……。この小説の舞台となった東北の寒村へわたしも足を踏み入れたことがありますので、しみじみそれがわかります。ええ、もうここでなにもかも白状してしまいましょう。この小説はほとんど事実です。作者の舟倉さんは人形劇研究会のメンバーのひとりで、自己批判のためにこれを書いたといっていました。そして、この生意気なリーダーはわたしです。それからのわたしは〈この桃は自分にとってはただの桃だけれど、相手にはどんな意味があるのだろう〉ということばかり考え、とうとう童貞女になり子どもたちの世話をするところまで、深みにはまってしまいました。それでも「桃」の向う側がどんなかまだよくはわかりません。おそらく一生、わからぬだろうとおもいます。

くどいようですが、「一日母親」の件はもういちどよくお考えくださいますように。

八月二十八日

白百合天使園長

テレジア小原純子

片桐枝美子様

5

今日から九月。市内の小中学校では一斉に二学期の始業式が行われたが、当市の上流夫人たちの社交クラブ「サロン・ド・シャリテ」（代表片桐枝美子さん）は、市内の小中学校に本日、鉛筆二十三万五千本を寄付することに決め、市教育長にその旨を申し出た……。

（昭和五十二年九月一日付『河北新報』夕刊）

シンデレラの死

1

㋑

青木先生、長い間ごぶさたしました。ごめんなさいね。じつは今日、ひさしぶりに休みがとれたので、小岩のおばさんのアパートへ遊びに行ってきました。そしたら、おばさんが、

「加代ちゃん、この春休みにあんたの高校二年のときの担任だったって男の人がアパートへ訪ねてみえたよ。そう、二十七、八の、背の高い、浅黒い顔のちょっとした美男子。たしか青木貞二とか、貞三とかいっていたようだったけど。わたしにあんたのことを根掘り葉掘り聞いて帰っちゃったけど、いまどき熱心な先生もいるものだねえ」

と言うじゃありませんか。びっくりしました。そしてそのうちに口惜しくなりました。あんまり口惜しいので、わたし、おばさんにこう言ってやりました。

「意地悪。どうして先生にわたしの入っている寮の電話番号を教えてあげてくれなかったの」

「それがあいにくあんたの書いてくれたメモ用紙をなくしてしまってねえ」

おばさんはしゃあしゃあと答えました。

「会社の名前も忘れちゃったしさ」

ほんとうにひどいおばさんです。このおばさんはわたしの亡くなった父の弟の奥さんです。父の弟も五年前にカリエスで死んでしまい、それからずっとひとり暮し（子どもがいないのです）、いま、小岩の映画館の掃除婦をしています。血がつながっていないせいか、わたしにはとても冷淡です。じつは長岡を飛び出して東京へやってきたとき、わたしはこのおばさんを心頼みにしていました。一週間や十日ぐらいは、わたしをアパートに置いてくれるんじゃないか、と思っていました。ところが、着いたその日はお土産のきき目か、大事にしてくれましたけど、あくる日の朝から、

「映画館の右隣のバーのマスターが、どっかにいい女の子はいませんかね、と言ってたよ」

「左隣のフルーツ・パーラーに女子従業員募集っていう貼り紙がしてあったよ」

「新聞の映画の広告欄ばかり眺めてちゃいけないね。求人欄もよくお読みな」

「ああ、もうお茶ッ葉がなくなっちまった。人間がひとりふえると、お茶ッ葉を使う量は一倍半はふえるね」

「わたしは日中はテレビをみない。でも、この一日二日、昼間もテレビにかじりついているものがふえた。電気のメーターを見るのが怖いよ」

と、もういや味ばかり。四日目にとうとうおばさんのアパートを出てしまいました。

そして、西宝チェーンというスーパーの店員になったんです。西宝チェーンは普通のスーパーとはちがいます。四谷、六本木、青山、新宿、吉祥寺と、現在五個所に店を出していますが、たいていは八階建のビルです。どのビルも地階と一階がスーパー、二階がコーヒー・テラスに洒落たブティック、三階がレストラン、四階が中華料理店、五階がパブ、六階が美容室に女性サウナ、七階が理髪店に男性サウナ、そして八階が事務所に寮という具合に出来ています。わたしの働いているところは四谷の西宝ビルのスーパー、ここで扱っているのは高級品ばかりです。終日営業が西宝スーパーのうたい文句で、客筋には近くのマンションに住む銀座のホステスさん、テレビのタレントたち（すぐ近くにテレビ局があるんです）、脚本家やプロダクションの人たちが多いようです。こういう人たちは夜ふかしをするので、終日営業のスーパーがどうしても必要なんですね。もちろん、普通のお客様も大勢おいでになりますけれど。

はなしがちょっと脇道にそれてしまいました。とにかく、今日はおばさんと口喧嘩になってしまいました。もう二度と小岩へは行かないつもりです。

青木先生。それにしてもご心配をおかけしてすみません。去年の九月、二学期の始まる寸前、わたしは仲よしの船越真弓さんや藤沢秀子さんにさえひとことの相談もせず長岡市を出てしまいました。青木先生にだけは家出の理由を申しあげなくてはと思ったのですが、それもできませんでした。でも、家出をしてから七ヵ月たったいま、やっとなにもかも打ち明ける勇気が出てきたような気がします。おしまいまで書けるかどうかわかりませんが（というのは、あまりにもおそろしい、そしてはずかしいことだからですけれど）、どうかこの加代の身の上ばなしにつきあってやってください。

わたしが母とふたりで母子寮で暮していたことは先生もごぞんじだったろうと思います。父はわたしが小学六年のとき、佐渡へ釣りに行き波にさらわれ行方不明になり、それ以来、母は長岡市内の料亭で仲居さんをして暮しを立ててきました。料亭が忙しくて仲居さんの手が足りなくなると母が呼ばれて出かけて行くんです。料亭から電話のない日は、母はたいてい寝ていました。慢性胆のう炎にかかっていて身体が弱かったんです。そんなわけでわたしが中学に入った年から生活保護も受けるようになりました。

でもね、先生。わたしにはこの時分がいちばんたのしかったんです。ちゃぶ台の上に教科書をひろげ、ラジオを低くつけながら、予習や復習をしている。おなかはぺこぺこ。

でもがまんがまん。いまにすごいご馳走がやってくるわよ。自分にそう言いきかせながらノートの上にカリカリと鉛筆を走らせる。やがて時計が十一時を打ちます。さあ、いよいよだ。母とわたしの、二人だけの晩餐会がいよいよはじまるのよ。石油ストーブの上の薬罐を点検し、お湯が足りないようなら水を注ぎ足しておきます。それからちゃぶ台の上をきれいに片付けてお茶の支度。十一時半、どんなに遅くとも十一時四十五分までには、母子寮の二階の廊下をそっとこっちへ近づいてくる母の足音が聞える。右足をちょっとひきずるような母独得の歩き方。わたしは部屋のなかでは待ち切れず、いつもドアを開けて廊下にとび出し小声でこう言って母を迎えたものでした。

「おかあさん、今夜のご馳走はなあに」

母がぶらさげて帰る折詰の中味はさまざまでした。宴会の料理の残りものを板前さんが折詰に盛り合せてくれたご馳走ですから、中味はそのときそのときでいろいろに変るんです。お刺身がたくさん入っているときもありました。湿ってぐにゃぐにゃになったてんぷらのときもありました。煮付けた里芋ばかりがごろごろころがっていることもありました。ときによっては母は折詰のかわりに鯉汁の入った小鍋を持って帰ってくることもありました。でも、どの料理もおいしかった。折詰を間にはさんで母とたあいのないお喋りをしていたときのわたしはなんの不満もなければなにひとつ心配なこともないしあわせな女の子でした。

高校へはどんなことがあっても進むつもりでした。それで中学二年のときから市内の老舗の和菓子店へアルバイトに行きました。名物の最中《もなか》や栗饅頭にセロファンをかけるのが仕事でした。たしか一個につき一円二十銭だったとおもいます。これは月に一万円から一万五千円になりました。生活保護家庭の子どもがこんなに稼いでは援助を打ち切られてしまうおそれがあります。ですからこのアルバイトはだれにも内緒でした。母子寮の人たちには、

「バレー部の練習が忙しくて、なかなかうちにいる暇がないんです」

なんて言ってごまかしておきました。生活保護が打ち切られるのは同じ母子寮の人たちの密告によることが多いんです。

「なになにさんところの子どもが新しい洋服を買った。なにがしさんところでは週に三回も刺身をたべた。きっとなにか特別な収入があるんですよ。お調べになってみてはいかがですか」

と福祉事務所かなんかにかげ口するのは、たいてい同じ寮に住んでいる人たちなのです。つまらない、悲しい癖ですね。わたしが大人だったら、寮の住人全員で秘密の組合を作って、仕事を探してきて、寮中で手分けしてその仕事をこなして、少しでも収入をふやし、まさかの時に備えたり、栄養のあるたべものをたべたりするんだけどな。

とにかくしばらくのあいだ、貧しいけれど平和な毎日が続きました。一昨年《おととし》の春には

念願の県立高校へも入れたし、演劇部へ入部したらとたんに文化祭公演の準主役に抜擢されるし、ほんとうによいことずくめでした。高校二年の春にはもっとすてきなことが起りました。演劇部の指導をしてくださっている青木先生がわたしのクラスの担任になられたことです。こんなことを書くと「なんてはしたない娘《こ》だ」と先生にきらわれてしまうかもしれませんが、思い切って書いてしまいます。先生はわたしたち演劇部の女子部員全員の憧れでした。独身でしょう。美男子でしょう。その上、美男子ぶっていないし、いろんなことをたくさん知ってらっしゃるし、親切だし、その親切がちっとも恩着せがましくないし、おまけにお家は長岡市で一、二を争う旧家、このへんでいちばん大きな造り酒屋の次男坊。これで憧れない女子高校生がいたら、その女の子はよほどの間抜けだと思います。わたしも先生に憧れた口です。うんと勉強して先生に注目されるようになろう。部活動にも力を入れ、ここでも先生の注目をひこう。そう決心しました。

ところが、このあたりからです、母の様子がすこしおかしくなったのは。胆のう炎のほうはすこしずつ快方に向い、母は前よりずっと元気になっていたのですが、元気になるにつれ、母の帰るのが遅くなり出しました。以前はどんなに遅くても十二時前にはうちへ帰っていたのに、料亭へ出かけるたびに帰宅は午前一時、二時というのが普通になりだしたんです。わたしは中学時代のように、夕飯を母が帰るまで待つということをしなくなりました。自分で味噌汁をつくり、魚かなんか焼いてたべてしまうようになりました。だって、母の帰りをあてにしていたら餓死してしまいかねませんもの。母は帰るとすぐに布団にもぐり込みました。わたしと視線が合うのをおそれるように目を伏せっぱなしにし、

「だるい、だるい、身体がだるい」

とぶつぶつ呟きながら、そそくさと布団を敷き、わたしに背を向けて横になってしまう。そして突然、思いついたように、

「加代ちゃん、下駄箱の上にお土産を置いといたわよ。お寿司の折詰。おいしいわよ」

と言うのです。お客の残した料理を詰め合せた折詰とは較べものにならないほど上等なお寿司の折詰……。でもちっともうれしくはありませんでした。母は変っちゃった、なにかわたしの知らない秘密を持っている。そう思いながらたべるお寿司には、まるで味というものがありませんでした。

たしかあれは去年の五月のはじめ、ゴールデン・ウイークが終ってすぐのことでした。母は料亭の従業員慰安旅行で二泊三日の能登半島一周に出発しました。ところがその夜、料亭から母子寮に電話があったんです。それはこんな電話でした。

「おかあさんに、今夜、出て来てくれるよう言ってくださいね。この三日間は事情があって仕事ができないと、おかあさんが言ってたけれど、急に宴会がいくつも混んじゃってね、どうしても手がほしいの。おかあさんに、女将《おかみ》が助けてちょうだいって言ってた

って伝えてね」

母はわたしに嘘を言ってたんです。料亭の従業員全員の慰安旅行なんかじゃなかった。わたしには秘密の旅行に出かけていたんです。

旅行から帰ってきた母に、わたしは留守中に料亭の女将さんから電話があったこと、母は旅行中でお勤めには行けませんと答えたら、女将さんがとても困っていたことなどを話しました。すると母はしばらくまっさおになってぶるぶるふるえていましたが、やがてこう白状しました。

「おかあさんに好きな男《ひと》ができたのよ。板前見習で弥吉っていうひと。年はおかあさんよりひとつ下で三十五歳。わかってちょうだい、加代ちゃん。おかあさんはひとりで生きて行くのにつくづく疲れてしまったの」

あくる日、さっそくその弥吉という男がうちへやってきました。関西訛りで喋る背の低い男で、首が見えないぐらい肥っていました。煙草のみで前歯が脂《やに》で真ッ黄色。この男は部屋へ入ってくるなりわたしの肩をぽんと叩いて、

「こりゃあ、おかあちゃんよりはるかに別嬪さんやわ」

と言い、脂《やに》くさい息を吐きながらケケケと笑いました。

「とにかくわいが来たんやからもうなんの心配もいらん。近いうちに小料理屋を持つ計画もあるし、ま、大船に乗ったつもりでいてほしいな。むろん、こないな貧乏くさい母

子寮とも間もなくお別れや」

　母子寮に住むおばさんたちが、廊下や入口の前の陽だまりで「二十後家は立つが、三十後家は立たない」などと喋っているのを、わたしはよく聞きました。このことばの意味もおぼろげながらわかっていたつもりです。だから、母が再婚しても、あるいは母が週刊誌でよく言う〔愛人〕というものになっても、わたしは決して動揺しまい、むしろそのときは母の新しい生活や冒険を祝福してあげよう。そう心に決めていたのですが、でもそれは相手によりけりです。相手が尊敬できる男性、尊敬できないまでも、いい人、やさしい人、なにかひとつしっかりしたものを持った人……、そういう人だったら、わたしうれしい。ところがこの男は最低でした。板前見習という肩書は体裁をつくろうためで、ほんとうは料亭の近くのラーメン屋の出前持でした。いいえ、先生、わたしは〈ラーメン屋の出前持なんて最低だわ〉と言ってるんじゃないんです。パチンコ屋で景品をくすねてくび。旅館の釜焚きになったけれど泊り客の枕探しをしてお払い箱。次に警備会社に入社、でも勤務成績不良でくび。……そして出前持になったが、こんどは自分の仕事を恥かしがって板前見習だなんて吹聴している。そういうところが最低だといっているわけ。

　おかあさんたら、どうせならもっとしっかりした人を選んでくれればいいのに——。そう思うと情けないやら口惜しいやらで、わたしは幾晩も眠れませんでした。もうひとつ、身振いがでるほどいやでおそろしかったのは、男がときどき帰宅する母と一緒に母子寮へやってきて泊って行くことでした。わたしも子どもじゃありません。ひとつ布団に寝た男と女がどんなことをするものか、それなりの見当がつきます。ですから耳に綿を詰め、掛布団をかぶって背中を向けてじっとしているのですが、あの男はどういう神経なのでしょう、ことさらに大きな声をあげたり、足をのばしてきてわたしの背中を突っついたりするのです。一度などは血が凍るかと思いました。母とあの男がひとつの布団で寝ると、きまってあるいやな匂いがします。お酒の匂いと腐りかけた魚の匂いと肌と肌が擦れ合ったときの甘酸《あまず》っぱい匂い。この三種の匂いのミックスが部屋に漂い、男の呻き声や母の荒い息づかいが聞えなくなると、わたしにとっての地獄の責め苦はひとまずおしまい、もう寝返りを打っても大丈夫です。そのときもあのいやな匂いがしはじめ、気配もなんとなく落ち着いたようなので、わたしは硬くしていた身体をほどき、寝返りを打ちました。そのとき、わたしはあの男が母の白い腰を自分の腰でぐいぐい押しているのを見てしまったんです。しかも男の顔はわたしの方を向いていました。男は汚い前歯を剝き出しにし、にやっとわたしに笑いかけてきました……。

けれども、先生、わたしが家を、長岡を飛び出したのは、母とあの男との行為を目撃したのが直接の原因じゃありません。じつは夏休みにもっとおそろしいことが起ったのです。

夏休みもあと一日か二日でおしまいというある夜のこと、料亭へ仕事に出かける母を送り出し、ちゃぶ台に英語の教科書をひろげたところへあの男がウィスキーの壜をぶらさげて入ってきました。母はちょうど仕事に出かけたところです、と言うと、あの男はちゃぶ台の横にでんと坐って、

「ばあさんが出かけるのを見届けてのご入来や。今夜は加代ちゃんにちょっと話がある」

と、ウィスキーをちびちび舐めはじめました。わたしは手早く教科書やノートを片付けました。むろん、外へ逃げ出そうと思ったのです。すると男は、

「加代ちゃんとわしは他人やない。もう夫婦と同じや」

と妙なことを言い出しました。

「あのばあさん、ちゅうのは加代ちゃんのおかあちゃんのことやけど、ばあさんを攻めているとき、わしはいつも加代ちゃんのことを見てます。わかるかな。わしは加代ちゃんを攻めているつもりなんや。そやさかい、加代ちゃんは他人やない。わしの嫁はん……」

わたしは戸口へ這って行きました。立ち上る勇気も余裕もなかったからです。一米も進まないうちにわたしのスカートはあの男の手で摑まれてしまっていました。そして……。

その夜の終列車でわたしは長岡を発ちました、母に「決してわたしを探さないで」という短い書置きを残して。

先生、これでわたしのつまらない身の上ばなしは全部おしまいです。「つまらない」と言えるようになったのは、自分を甘やかすようですけど、たいへんな進歩だと思います。

わたしはいま、東京演劇スクールに通っています。伝統のある、有名な演劇学校ですから先生も名前はごぞんじのはずだろうと思いますけど。西宝スーパーでのわたしの勤務時間は、夜の八時から朝の八時まで、学校の方は午後一時から五時まで。ですから時間がうまくやりくりできるんです。基礎コースは六ヵ月。わたしは去年の十月から今年の三月までこの基礎コースを卒え、いま専門コースにおります。これは二年間です。つまり、基礎コースで六ヵ月しごきにしごき、やる気があるのかないのかをチェックし、専門コースで本格的に鍛えあげようというのがこの学校の方針なんですね。専門コースを卒業すると、文学座や俳優座や民芸などの大劇団から引き合いがきます。いわゆる大劇団なんていまどきはやらないと思う人は、早稲田小劇場や紅テントや黒テントの試験を受けに行きます。わたしはそういった劇団よりも、テレビドラマの主役オーディションに狙いを定めています。

専門コースの生徒は授業や実技のほかに、半年に一回ずつ、新人公演に出演しなければなりません。もっとも出演できる人は幸運で、三分の二以上の生徒は裏方修業ということになりますけど。次回の新人公演のレパートリーはジャン・アヌイの『アンチゴーヌ』(六本木の俳優座劇場で六月初旬に五日間もやるんですよ)。配役の発表は来週の月曜日です。わたしが役につくかどうか。それを思うと胸がどきどきしてしまいます。来週の月曜日まであと五日、それまでこの手紙が先生のお手許に届いていたら、どうかかつての教え子、かつての演劇部員のために祈ってください。青木貞二先生、わたしのために祈ってくれそうな人は世界に先生ひとりぐらいしかいないのです。

ずいぶん長い手紙になってしまいました。この次からは先生のお時間を節約するためにも、要領を得た手紙を書くことにいたします。それでは先生、お身体大切に。あ、それから、わたしから手紙があったってこと、とくに母には内緒にしていてくださいね。母はわたしの住所をおそらくあの男にも洩らしてしまうでしょう。そうなるとあの男、のこのこ上京してきかねません。このこと、おねがいいたします。

四月二十一日　　　　塩沢加代子

青木貞二先生

㋺

お手紙ありがとう。ほんとうにありがとう。じつにうれしかった。あんまりうれしくてなにを書いていいのやらわからないほどだが、とにかくきみが元気でいてくれてよかった。元気でいてくれたばかりではない、きみは逞しく生きている。それが先生にはなによりもうれしい。もちろん、きみが『アンチゴーヌ』に出演できるよう祈っているよ。今日は四月二十三日。二十四日と二十五日の昼食を断《た》とう。昼食を断って祈れば神様もすこしは考えてくださるだろうからね。それではまた書く。どんなことがあっても挫けちゃだめだぞ。

四月二十三日　　　　青木貞二

塩沢加代子君

㈧

先生のお手紙をいま読み終えたところです。ほんとうにありがとうございました。青木先生、先生の昼食断ちのおかげで、わたしはとてつもない幸運を射とめることができました。『アンチゴーヌ』の主役がわたしにまわってきたんです。スタッフ、キャストの発表があったのは昨日の午後ですけれど、そのときから、わたし、ずーっと夢を見つづけているみたい。頭がぼーっとなってなにを考えてもむだ。すぐ頭が六月はじめ俳優座劇場の舞台の上のわたしへ飛んでいってしまう。仲代達矢、平幹二郎、加藤剛、田中邦衛、栗原小巻……こういったスターたちが踏んだ舞台をこのわたしが、この足で……。

思うたびに気が遠くなりそうです。でも、いつまでも有頂天でいてはいけませんね。心をひきしめ、全力をつくしてこのチャンスを自分のものにしなくては。お稽古は五月からはじまります。たくさんの台詞を暗記しなくてはなりません。仕事をやめるわけには行きませんし、時間が足りないのが悩みのタネです。でも、先生へはどんなに忙しくてもお手紙を書きます。先生もお忙しいでしょうが返事をくださいね。それではお元気で。

四月二十七日　　塩沢加代子

青木貞二先生

㊁

塩沢君、おめでとう。先生も昼食断ちした甲斐があったというものだ。きみの摑んだ幸運は、たぶんこれまでの苦労を哀れと思召された神様の贈物だとおもう。どんなことがあっても手ばなしてはいけないよ。それではがんばりたまえ。

四月二十九日　　青木貞二

塩沢加代子君

㋭

青木先生、ごぶさたしました。お稽古もきょうで十一日目、きょうから立稽古がはじまりました。主役のアンチゴーヌの台詞は全部で五百六十九行、四百字詰の原稿用紙に直すと四十枚近くになります。でも、わたしはそれをすっかり暗記してしまいました。演出家の先生は、

「なかなか熱心だね。いいぞ、その意気だ」と、ほめてくださいました。

ところで、きょう稽古場に八千代プロダクションの社長さんが見学にみえました。八千代プロは中堅どころのプロダクションで、ときどき、テレビドラマの出演者紹介の字幕に、「若草」とか「鳳プロ」とかいった大手のプロダクションと並んで名前が出ることがありますから、先生もごぞんじかもしれません。社長さんは三十四、五歳で、まだ若い人ですが、この方がじつはわたしの勤めている四谷店へよくいらっしゃるのです。おみえになるのはたいてい深夜で、牛乳とかチーズとかウイスキーなどを買って行かれます。昨夜も社長さんが店へ見えられてわたしにこうお訊きになりました。

「きみのことを前から注目していたんだが、どうかな、タレントになるつもりはないかしら。きみにはその素質が充分にあるとおもう。ぼくにまかせてくれれば決して悪いようにはしないよ」

そこでわたしは、自分が新劇女優の卵であること、六月の新人公演で主役を演じるはずであることなどを話しました。

「芝居の心得があるとはますます有望だ」

と社長さんはおっしゃいました。

「明日にでも稽古場へうかがおう」

とまあこういうわけで、社長さんがおみえになったんです。お稽古が終って帰ろうとしたら、表で社長さんが待っていました。

「ますますきみの才能にほれこんでしまったよ」

とおっしゃって社長さんは近くの喫茶店にわたしを連れて行かれました。そしてそこでわたしは信じられないようなすばらしいはなしを聞いたのです。

十月第一週からある民放局で女医さんの一代記を連続テレビ小説にする計画がある。期間は半年。月曜から土曜まで毎日十五分間。ところがなかなか主演女優が決まらない。スポンサー側が新人で行きたいと主張しているのだが、新人払底で難航中である。スポンサーの宣伝部長（同族会社で、部長は社長の次男だそうです）と自分とは学生時代からの友人で、スカウト係をたのまれているのだが、これはというタレントが見つからなくて困っていた。しかし、きみならスポンサーも興味を示すと思う。おそらく有力候補になれるはずだ。どうだろう、今夜にでもその宣伝部長のオーディションを受けてみてはくれまいか。場所は四谷のうちの事務所。時間は午後九時。合格した場合はマネージングをわがプロダクションにまかせてくださいよ。

まとめるとこういうお話でした。店へ帰るとわたしは店長に今夜の勤務は休ませてもらうように頼みました。それから寮の自室でこの手紙を書いています。でも、もう八時半。オーディションに出かける時間です。はたしてどういう結果が出るでしょうか。このつづきは帰ってからまた書くことにします。青木貞二先生、わたしのためにもう一度、お祈りください。おねがいします……。

オーディションじゃなかった。一種の商談だった。断わって帰ろうとしたわたしのスカートは、小柄なくせに首がないぐらい肥った宣伝部長の手で摑まれてしまっていた。そして……。さよなら、先生。

五月十一日　　塩沢加代子

青木貞二先生

〈へ〉

死んではいけない。どんなことがあっても挫けるな。

五月十一日　　青木貞二

塩沢加代子君

もう夢をみるのはいやだ。さようなら。
加代子
Ⓣ

2

青木貞二先生

突然、お便りをさしあげる不躾をお許しねがいます。私は四谷署に奉職するものでありますが、五月十二日未明、四谷三丁目一の九、西宝チェーン四谷店八階従業員寮三号室でガス自殺した塩沢加代子の枕もとに、同封いたしました手帖を一冊発見し、興味を覚えました。ご一読いただけばおわかりになりましょうが、ⓘⓡⓗⓝⓗⓗⓣの七通の手紙はすべて同一人（すなわち自殺者塩沢加代子）の筆蹟で認められております。投函するつもりのない手紙を綴り、しかも自分で認めたその手紙に自分で返事を出す。これはまことと奇体な振舞いです。この点について、なにかお心当りがありましたら、お知らせねがえませんでしょうか。

ところで、手帖に書き記してあることと現実との間にいささか喰いちがいがありますので、念のために付記いたします。

〈手帖〉

①東京演劇スクールという伝統ある、有名な演劇学校……

②文学座などの大劇団から引き合いがくる。

③『アンチゴーヌ』が六本木の俳優座劇場で五日間上演される……

④主役がわたしにまわってきた……

⑤八千代プロは中堅どころの……

⑥女医さんの一代記を連続テレビ小説にする計画がある……。その主演女優のオーディション。

〈現実〉

①あまり伝統もなく、有名でもない。

②全然こない。

③赤坂公会堂でわずかの一日。昼と夜の2ステージ。

④端役の召使役を振りあてられている。

⑤まったくの弱小プロ。キャバレーの仕込みを主としている。

⑥テレビにスポット広告を出す計画がある。画面に手が出るだけのCMガールのオーディション。

どうもこの娘はこの「手紙にあらざる手紙」に途方もない夢を書き綴っていたようです。

なお、この手帖を信じれば、花紫《はなむらさき》化粧堂本舗宣伝部長が塩沢加代子に対し、テレビに出たければ自分の言うことを聞け、という交換条件を持ち出した疑いが濃いのでありますが、宣伝部長は強く否定しております。それどころか、塩沢加代子の方から「身体とひきかえに……」と誘われたのだと主張しており、これは彼女がこの世にいない以上、黒白のつけようがありません。気長に内偵はつづけるつもりでおりますが。残念ながら今回は黙って見逃すほかはない。それではご返事をお待ちいたしております。おしまいに念のために付け加えておきますが、この手帖の往復書簡集に対する私の興味は個人的なものです。気楽にお答えいただければ、と思っております。

五月十八日

四谷警察署
警部補　高梨良造

新潟県立長岡高等学校　青木貞二様

追伸　塩沢加代子は生前、朋輩の店員に、長岡市の県立普通高校に居たことがあると言っておったそうで、そこで新潟県立長岡高校だろうと見当をつけたわけです。

3

拝復。たしかに塩沢加代子は昨年一学期まで本校に在籍しておりました。二学期のはじめに彼女の母親から退学届が提出され、そのように処理しております。さて、本校には青木貞二という教師はおりません。ただし、

青木秀雄
石原貞二

という姓名の持主はおります。じつはこの手紙はこの両名が額を寄せ合って書いているのですが、二名とも彼女の担任だったこともなければ、演劇部の指導をしたこともありません。またいずれも五十前後で、若くもなければ美男子でもなく、なぜ彼女がわれわれの姓名を基に「青木貞二」なる人物を作りあげたのか、まったく見当がつきません。

ただ一度だけ、たしか彼女が入学して間もなくのことでしたが、われわれ二人で忠告してあげたことがあります。昼食時に、われわれ二人は偶然、彼女が弁当を手や蓋で隠しながら、小さくなってたべているのを目撃し（きっとおかずが貧しかったのでしょうね）、呼び出してこういってやりました。

「午前の授業中にはやばやと弁当をたべちまったらどうだい。女の子のくせに早弁とは変ってるなあという評判は立つかもしれないが、しかし、弁当を隠す理由はそれで見つかるよ。どんな立派なおかずを持ってきたって授業中にこっそりたべるとなれば弁当は隠さなくちゃならないからね」と。

あまりお役に立てなかったとおもいますが、彼女についてわれわれ二人が知っていることはこれだけです。

五月二十三日

青木秀雄

四谷警察署　高梨良造様

石原貞二

玉の輿

1　（肉筆）

こうしてお手紙を書く決心がつくまでずいぶん長いこと迷いました。いまわたしは泣きながらペンを運んでおります。やはり先生とお別れしなければなりません。理由は父をどうしてもよい病院に入れてあげたい、と考えたからです。

先生、おこっちゃいやです。どうか最後まで読んでください。ごぞんじのようにわたしは幼稚園にあがる時分から父と二人で暮してきました。四谷の、住宅街の奥の、坂の下の古アパートで父にしがみつくようにして大きくなりました。父は不動産屋の外交をやっていましたが、口の重い性質《たち》で、外交の仕事はずいぶん辛かっただろうとおもいます。そのせいか毎晩のようにお酒を飲んでいました。不動産の外交をしているのに、どうしても自分の家が持てない。そのことに腹を立てて酒を浴びていたのかもしれません。

とにかく近くの酒屋へ父のために酒を買いに行くのが幼いときからのわたしの仕事でした。つまらないことを書いているようですけれど、これがじつは今度のことと深いつながりがあるのです、どうか辛抱してください。小学五年生か六年生のある冬のことです。みぞれが横なぐりに降る夜でした。夜の九時すぎ、その日の夕方買ってきた酒を一滴もあまさず飲んでしまった父が、もっと欲しい、といいだしたのです。きっと会社で辛いことがあったのだろうと思い、父からお金をもらって、わたしはいつものお酒屋さんへ走って行きました。ところがお酒屋さんの表戸をいくら叩いてもだれも出てこない。留守なのか、もう寝てしまったのか、どっちなのかわからないけど、うんすんないのです。そこで四谷の大通りまで出て、四、五軒、酒屋をまわりました。どこも同じことでした。だあれも出てこない。大通りの酒屋はどこも店が広くて奥とはだいぶ離れています。それに表に厚い鎧戸をおろしているので、女の子がいくら叫んでも聞えないのですね。それに風も強かったですし。

　とぼとぼアパートへ引き返したのですけど、またいつものお酒屋さんの前を通りかかったのでもう一度、表戸を叩いてみることにしました。手ぶらで帰ると父が不機嫌になるに決まっているし、それよりもなによりも、わたしは父にお酒を飲ませてあげたかった。お酒で辛いことが忘れられるなら、浴びるほど飲めばいい。いまなら父と喧嘩になってでも酒をとりあげてしまいますが、そのころはそう考えていたんです。それに父の酒はいい酒でした。酔うと陽気になります。

でもあいかわらずだめでした。いっこうに人の出てくる気配がないのです。しょんぼりと肩を落してお酒屋さんの前を去ろうとしたとき、四、五軒先の五階建のビルの前に黒塗の乗用車がとまりました。

「どうしたの」

車から出てきた男の人がわたしに声をかけました。三十歳ぐらいの、背の高い人です。事情をはなしますと、その男の人は、

「ちょっと待っていなさいよ」

といってビルへ姿を消しました。そしてすぐお酒を一本ぶらさげて出てきました。

「これをあげる。秋田の酒だ。うんと辛口だから、お酒の好きな人ならよろこんでくれるはずだ」

ただはいやです。わたしはお金を差し出しました。するとその人は、

「ここはその『花山《かざん》』という秋田の酒の東京事務所なんだ。東京で売る花山はまずここへ届くのだよ。そしてここから花山の直営酒場やデパートへ運ばれて行く。だからここにはうなるほど花山があるんだ。気にすることはないさ」

といってビルのなかに入ってしまいました。父のために酒を確保できたことがうれしくてみぞれの中をスキップしながらアパートへ帰りましたが、この花山は父の気に入っ

たようです。

「これからはいつもこの花山にしよう。たのむぞ、美保子」

などと回らない舌でいって上機嫌でした。

あくる朝、学校へ行く途中、花山ビルに寄りました。ビルの一階には机が十以上も並んでいて、早出の事務員さんたちが伝票を整理したり、お茶を飲んだり、新聞を読んだりしていました。

「昨夜の九時すぎに黒塗の自動車でここへ帰ってきた三十歳ぐらいの、背の高い男の人に会わせてください」

と頼むと、事務員さんのひとりが、

「それはたぶん専務のことだろう。ちょっと待ちなさい」

と二階へあがって行きました。間もなく、パジャマ姿で歯ブラシをくわえた、前夜の男の人が出てきました。前の夜のお礼を言い、それから花山はどこへ行くと買えますか、とたずねると、その人は答えました。

「銀座、渋谷、神田、日本橋、新宿、池袋、中目黒の花山の直営酒場へ行けば買えます。それから都内の有名デパートでも扱ってくれている。でもどうしてそんなことを聞きに来たの。ははあ、そうか、お父さんが花山を気に入ってくださったんだね」

「はい。これからは花山一本槍で行こう、というんです」

「それは光栄だ。しかし、きみのようにちいさい子が新宿や神田あたりまで、毎日、出かけて行くというのもたいへんだね。よし、こうしよう。花山が入り用になったらいつでもここへおいで。それに八掛《はちが》けでいいですよ。ただし、ときどき、これまでのお酒屋さんへも行ってあげてください。でないと花山がうらまれてしまうからね」

　このときから去年の秋に長年の酒が原因で父が膵臓炎で倒れるまで、わたしは二日に一度か三日に一度の割合で、花山ビルに酒を買いに通いつづけました。例の専務さんには年に三、四回ぐらいしか会えませんでした。これはだんだんわかってきたことですが、専務さんは秋田の酒造工場を担当し、東京事務所は弟の常務さんにまかせる、というのが花山酒造株式会社の体制でした。ですから、あまり専務さんに会うことがなかったんです。

　父がそんな具合でしたから、高校へ通い出すと同時にアルバイトに精を出しました。四谷の大通りのキー坊という食堂や満留賀というおそば屋さんでも働きました。でもそういうたべもの屋さんはすぐしくじってしまいます。父がやってきてわたしの給料をかたに酒をのみはじめるので、お店の方がいやになってしまうんですね。ですから、先生方のお力添えで高校の通信教育部の事務のお手伝をやらせてもらえるようになったときはほっとしました。なんといっても学校にお酒は置いてありません。父がひょこひょこやってくる心配はもうないのです。

このあたりから先生はわたしのことをよくごぞんじのはずです。通信教育部の事務員になるとすぐ、わたしは定時制にかわりました。そして、昨年の春、定時制を卒業し、そのまま通信教育部で働いてきました。先生に映画に誘っていただいたり、ごいっしょに後楽園へ野球見物にでかけたりわたしは充分しあわせでした。

去年の秋、そうです、ちょうど十月十日の体育の日、運動会があり、夕方から講堂で慰労会が開かれました。数日前から父の様子が変だったので、慰労会がはじまるとすぐわたしは会場を抜け出しました。そして下駄箱から靴を出そうとしますと、靴の上に先生のお手紙がのっておりました。「これからは結婚を前提にしてつきあいをしたい。あなたが好きです」と書いてあった。あのお手紙を読んでから四谷のアパートに帰るまでの四十分間が、わたしの生涯でいちばん仕合せな期間だったとおもいます。

アパートでは父が七転八倒していました。父が苦しまぎれに爪でかき毟るので畳は隅の方まで毛羽《けば》立っていました。胆石の潰瘍の破れたときの痛みと膵臓炎の痛み、これは痛みの両横綱だ、とあとでお医者さんにうかがいましたが、ほんとうに父の形相のすさまじさといったらなかった。父は鬼になってしまったのではないか、としばらくは本気で信じていたほどです。

去年の秋以来、わたしは先生からなるべく遠ざかるようにしてきましたが、その理由はこれでおわかりになっていただけただろうと思います。わたしだって先生が好きでした。でも、わたしにはいつも父がいっしょなのです。酒が飲めないので始終いらついている初老の男、仰向けに寝ると痛むので、いつも前こごみになってしゃがんでぶつぶついっている土気色の顔の男、そしてときどき口から吐き出すガスの臭いことといったら……、実の娘でさえ閉口するぐらいですから、他人だったら一日と保《も》たないでしょう。こんな父を先生に押しつけることができるでしょうか。かといって父をおっぽり出して先生の胸にとびこむことは……。それもできません。こんなわけでこの一年近くのあいだ、わたしは判断中止の状態で暮してきました。

ところが、この夏、突然、花山酒造の人がわたしのアパートへ訪ねてみえました。なにごとだろうと思っていると、

「専務の使いで来たのだが、専務の奥様になっていただけないか」

という意外なおはなしでした。専務は去年の夏、奥さんをなくされたのだ、と使いの人がつづけました。「したがって後妻ということになりますが、前の奥様との間に子どもはないし、ま、初婚とかわりはないと思いますよ。もちろん専務は前まえからあなたのことを気に入っておられました。八年近くも花山を八掛けであなたに売っていたことでもそれはおわかりになるはずです。もちろん、そのころは前の奥様がおいでになりましたから、あまり表面にお出しになりませんでしたが。あなたのお父さんのことも専務はちゃんと考えておられます。秋田県一の病院に入院させ、できるだけの手は尽させて

いただきたいとおっしゃっている。治ったら、秋田市の郊外に花山酒造の寮や持ち家が数軒ある、その気に入ったところで病後を養われればよろしい、ともいっておられました。酒造工場と本社は秋田市から東へ三十分ほど入った小さな町にありますが、まず秋田市の寮でひと月ほどお暮しいただいて、そこから本社のある町へお輿入《こしいれ》ということになりましょうな。失礼ながらこれは玉の輿です。いまどきの娘がそんな昭和初期のころにあったような話にのるものですか、などとおっしゃらず、ひとつじっくりとお考えいただきたい。わたしも、このお話が実を結ぶことを個人的に祈っております。専務も間もなく四十歳、あとつぎのお子さんがどうしてもなくてはならない。その意味でもあなたは骨格がしっかりしていなさるし、ま、それにしても美人はおとくですなあ」

あとつぎ製造機としてわたしを必要としているにすぎないことはわかっています。それに地方の名家とかいうところでは、釣り合った家柄のお嬢さんを後妻に迎えることもできにくいのでしょう。でも、とにかく父の面倒を全面的にみてくれる、というところにわたしは惹かれました。

先生、長い手紙になってしまいました。朝八時〇四分上野発秋田行の「特急つばさ一号」に父といっしょに乗らなければなりませんが、もう明け方の四時、そろそろ父を起して支度をさせようと思います。先生、どうかわたしのわがままをお許しください。心から、心の底の底から先生のおしあわせをお祈りしております。このところ四日続けて、先生の英語の授業に出ている夢をみました。先生はわたしにいつも「LOVEという単語の意味を言いなさい」と質問なさった。わたしは夢をみるたびにそれに答えられず立往生をしつづけていました……。さようなら。

昭和五十一年九月三日朝　長田美保子

高橋忠夫先生

2（印刷文）

謹啓

菊花香るの候いよいよご清栄のこととお慶び申しあげます。

さて今般、金田町町長織田仙三郎様ご夫妻のご媒酌により高左衛門長男和己と時蔵長女美保子と婚約相整い、本月十五日、金田町新山《しんざん》神社において結婚の式を挙げました。幾久しく私ども同様ご厚情を賜りたく、略儀ながら書中をもって、右ご披露をかね、謹んでお願い申し上げます。　敬具

昭和五十一年十月二十日　花山酒造株式会社社長　横井川高左衛門

長田時蔵

高橋忠夫殿

3（印刷文）

謹啓
皆々さまには、お変りなくお過しのこととお喜び申しあげます。

このたびは、私どもの結婚につきまして、ご鄭重なお祝いの言葉を賜りましたうえにお心のこもったお品を頂戴いたしまして、まことにありがとうございました。末長くたいせつに使わせていただきたいと存じております。万事にいたらぬ私どもでございますが、何とぞおゆるしのうえ、今後ともよろしくお導きくださいますようお願い申しあげます。

なお、新婚旅行は米国西海岸へまいりましたが、彼の地で買い求めましたカリフォルニア・ワインを心ばかりのお礼のおしるしにお届け申しあげましたから、お納めいただけますれば幸せに存じます。

時節柄くれぐれも御身おたいせつに、ご家内ご一同様、おすこやかにお過しくださいますようお祈り申しあげます。

まずは略儀ながら書中をもってご報告お礼まで。

昭和五十一年十一月一日

横井川和己
美保子

高橋忠夫殿

4（カーボン複写）

前略申しあげます。父の入院中はしばしば御見舞いのお手紙をくださいましてありがとうございました。一時はお医者さまがたも匙をお投げになりましたこととて、夫どもも悲歎の涙にくれておりましたのに、前後三回にわたる大手術の結果、思いもかけず危機を脱し、もう大丈夫と言われました時のうれしさ、お察しくださいまし。

それからは日増しに快方に向い、去る八日漸く退院致しました。まだ本調子とはいえませんが、天気のよい日には寮の庭に出て、植木の手入れなどいたしております。何卒御安心くださいませ。

なおご親切なお見舞いのお返しにと、当地名産の干しきのこの詰め合せをお送りしました。御笑味くださいませ。

昭和五十一年十二月十五日　横井川和己

美保子

高橋忠夫殿

5　(肉筆)

明けましておめでとうございます。おはやばやとお心のこもった賀状をいただきましてありがたく拝読させていただきました。皆様おかわりなく、ご機嫌うるわしく新しい年をお迎えなさいまして、この上もないめでたい御事とお喜び申し上げます。私どもでも一同無事に年を重ねましたから、ご安心下さいませ。

お別れしてからもう半年近くたちますね。春には高校のクラス会があると聞きました。そのときには上京したいと思っております。いろいろとお話があります。どうぞおたのしみに。

昭和五十二年元旦　　横井川美保子

高橋忠夫先生

6　(カーボン複写)

クラス会のご通知ありがとうございました。年に一回の会合にかつての同級生が集まって心ゆくまで、思い出話にふけり、最近の消息を語り合う、これほど楽しいことはほかにありません。ぜひ出席したいところでございますが、じつは私、妊娠二ヵ月で、そのうえ、あまり体調がよくないのです。無理をすれば行けないこともありませんが、夫や義父たちが自重するように申しております。そんなわけでまことに残念ですが、今回のクラス会は欠席させていただきます。どうか皆様によろしくお伝えくださいますように。高橋忠夫先生にくれぐれもよろしく。かげながらご盛会をお祈りしております。

昭和五十二年三月三日　　横井川美保子

クラス会幹事様

7（カーボン複写）

拝啓、くさぐさ思いあまった末一書《しょ》を呈します。どうか終りまでお目を通され、その上で何分の御返書を頂けますよう、僭越ながら初めにお願いしておきます。

このように申しあげますと、貴女にはもうお気付きの御ことと存じます。貴女と夫との関係につきましては、この花山へまいりましたときから薄々存じておりましたものの、まさか昨今のように夫と二人で四日も五日も温泉へ出かけるというような大っぴらなことはなさるまい、ただの行きずりの浮気だろうと思っておりましたので、私は当時から何事も申しあげず、夫へもはしたない嫉妬めいたことは謹しんでまいりました。

こんなことを申しあげますと、きっと貴女は、自分の方に隙があるから夫が他の女に気を移したままなのだと仰言《おっしゃ》るに違いありません。そして貴女は、これはお互いの理性から出発した自由な感情の動きだから、何もおまえさん如きに指図をされるいわれはないと更に強く抗議されることと存じます。

まことにそれに違いございませんし、私にも夫への愛に多少の隙があったことは事実でございましょう。わたしから和己さんを実力で、愛情で盗《と》ってごらんなさい、と仰言られればこれまたひとこともございません。が家庭というものは、そんなに外部の方がお考えになるほど単純なものではございません。もしも貴女がどうしても私の夫を必要となさるのなら、私はそれ以上に、お腹の子どものためにも、どうしても夫に家庭へ帰って貰わねばならぬものでございます。

はしたない女と、お下《さ》げすみは万々覚悟の上でございます。どうか今後一切夫から遠ざかって頂きたいと存じます。そして貴女は貴女としての、ほんとうに将来生きられる途《みち》にお進みになることが、真のお仕合せが訪れると申すものでございましょう。

ご免なさい、このように一方的に貴女にばかり申しあげましたが、勿論夫にも貴女を積極的なものに陥《おと》し入れた非がございます。

重ねてお願い申します。この際、なんとか御決心の上、以前の白紙に還って頂けますよう伏してお願い申しあげる次第にございます。まことにぶしつけにお気持をも考えず勝手なことを申し上げて恥じ入る次第にございますが、至らぬ点は何とぞ無教養のたわ言と御笑殺くださいませ。何分の御返事をお待ち申しあげます。

かしこ

昭和五十二年四月十八日

横井川美保子

秋田市中通三－三　バー「絵夢」内　内藤さおり様

8　（印刷文）

父長田時蔵儀、膵臓ガンのため、五月六日午後四時三十分、秋田市千秋久保田町、秋田中央病院において急逝いたしました。生前の御厚誼を深謝し、右御通知申し上げます。なお葬儀は五月九日に近親のみで相すませましたから、御了承願い上げます。

昭和五十二年五月十一日　横井川美保子（旧姓長田）

高橋忠夫殿

9　（印刷文）

拝復　このたびは、ご丁寧な弔慰のお手紙、ありがとうございました。そのうえお供えまで頂き、厚く御礼申し上げます。顧みれば、看護に明け暮れたあと唯一の望みも絶たれ、一時は取り乱すに至りましたが、このうえはただ追善専一を心掛ける所存でございます。何とぞよろしくお導きの程、伏してお願い申し上げます。

まずは、御礼かたがたお願いまで。　敬具

昭和五十二年五月十五日　横井川美保子

高橋忠夫様

10（印刷文）

今回の火災につきましてさっそくご親切なお見舞いをいただきありがとうございました。幸いに一同無事でしたからご安心ください。当夜はあまり風がなく、それが幸いして、工場の一部を焼失しただけで鎮火いたしました。

失火原因については目下、金田町の警察署と消防署が共同で調査に当ってくださっておりますが、いずれにしましても当方の責任、このたびの失火をよき教訓となし、二度とこのようなことのないように万全の心構えをいたす決心にございます。ご心配をおかけいたし申しわけありませんでした。ご厚情のほど深謝申しあげます。

右お礼かたがたご報告まで。

昭和五十二年五月三十日　横井川高左衛門

和　己

高橋忠夫様

11（肉筆）

金田町立病院から本日、退院してまいりました。夫の愛人の出現、父の死、工場の怪火と事件がつづき、その心労のせいでしょう、赤ちゃんを流産してしまいました。義父から聞きましたが、入院中に先生が花山の本社へたずねてくださったとのこと、ありがとうございました。ご心配をおかけしてほんとうに申しわけありません。「面会謝絶じゃ。お引きとりください」と義父が申し上げたらしゅうございますが、そんなに重体だったわけではありません。ただ、わたしはもう赤ちゃんを授かることはないようです。

なお、工場の放火犯人が捕まりました。秋田市のバーのホステスで内藤さおりという二十三歳の女性が火をつけたのだそうです。いつか、先生にその女性へ書いたわたしの手紙の複写をお送りしたことがありますから、見当がおつきになるでしょうが、夫に別れ話を持ち出された腹いせに工場に火をつけたらしいのです。義父も夫も、記事になっては横井川家の恥だと、揉み消しに大童のようですよ。

ところで予告もなしに金田町へお出になったのは、何か急の用件でもおありになったからでしょうか。それとも、昔の教え子の上に、あまり次から次へと事件が起るので心配なさったからでしょうか。特になにかお話があるようでしたら、折返しお返事をお待ちいたします。書きたいことは山ほどあるのですけれど、疲れが残っていてペンが重くて仕方がありません。ではお元気で。

昭和五十二年六月十一日

横井川美保子

高橋忠夫先生

12（印刷文）

樹々の葉の散りゆく頃になりました。

このたび、私たちは性格不一致のため協議した結果、家庭裁判所に離婚届を提出いたしておりましたところ、十一月七日付で受理されました。ここに一年間の共同生活を解消し、それぞれの道を別々に歩むことになりました。

この期間中、皆様がたの暖いご指導やご激励をいただきましたことを、厚くお礼申し上げます。今後とも一層のご助力をいただきたく、お願いいたします。

なお、美保子は旧姓の長田にかえりました。

右、お知らせ申し上げます。

昭和五十二年十一月十日　　秋田県河辺郡金田町一六六六　横井川和己

仙台市鉤取六－三　原アパート　長田美保子

高橋忠夫殿

13（肉筆）

先生、ながいあいだごぶさたしました。金田町の方からわたしたちの離婚を知らせる葉書が届いたと思いますけれど、わたしが子どもの産めない身体になってしまったので、横井川家としてはもう用がないというわけです。二百万の手切金でわたしを金田町から追い出してしまいました。もちろん、泣きごとを並べて粘る手もあったと思います。が、父のことでは迷惑もかけ、世話にもなっていますし、だいたい、私が選んだ道ですから泣き言をいってもはじまりません、十月下旬にいさぎよくこの仙台へ出てまいりました。秋田の中央病院で父がたいへんお世話になった看護婦さんが、仙台の国立宮城野病院の高等看護学院の出身で、彼女に感化されてわたしは看護婦になる決心をしたのです。わたしはまだ二十一歳、出直す時間はまだたっぷりありますもの。試験は来春。そこで今は、日中は予備校、夜は近くのスーパーで店員といそがしく自転車で走りまわっています。

それにしても横井川家にはおどろきました。昔ながらの仕来りがまだ立派に通用しているんです。工場で酒造りに励んでいる職人さんを含めて使用人が十七人ばかりいるのですが、食事のときは全員箱膳、それも古い順に台所の広い板の間に並ぶのです。この台所は茶の間へ続いていますが、茶の間は横井川一家の者の席、箱膳の並び順はここでも一定で、神棚の下に当主の高左衛門氏、以下和己氏、平右衛門氏（高左衛門氏の実弟）……と続きます。女は末座で、わたしはいつも茶の間と台所との境に坐っておりました。

もっとおどろいたのは、家族の発信はすべて複写をとって控えを残しておくという家憲があったことでした。田舎の大金持って臆病なんですね、出した手紙で足を引っぱられないように、証拠の控えを保存しておくわけです。しかも、文面はかならず過去の発信控えにあるものを手本にすることという不文律まであって、おかげでわたしは夫の愛人への抗議文を、大正時代の発信控えにあったものを写して書かなければなりませんでした。先代の高左衛門氏が秋田の芸者さんを囲ったときにその奥さんが書いた抗議文、それをそっくり使って出しなさい、と高左衛門氏が言うのです。写しているうちにばかばかしくなりました。だれに来た手紙でも全部当主が封を切るというのも呆れたはなしですけれど、こんなことが通用しているのは、中央病院のあの看護婦さんが教えてくれたように、

「秋田県は山形県と並んで、戦前と戦後がもっとも変らなかった土地なの。みてごらんなさい、戦争前の大地主は昭和五十二年においても大金持ですから」なのかもしれません。

でももう〈むかしばなし〉は結構。出直すために一所懸命勉強しなくては。

もし、仙台へいらっしゃるようなことがあったら教えてくださいね。杜の都を案内してさしあげますから。市内を流れる広瀬川でとれた魚を、そのまま食卓にのぼせることができる。ここはそれほど清潔な町です。先生もきっと気に入ってくださると思います。それではお元気で。お時間があったらお返事ください。

昭和五十二年十一月十日

長田美保子

高橋忠夫様

なお、②から⑫までの十一通の手紙はすべて左記の書物群から引用された。⑦の手紙さえも然りである。書名を列記して感謝の意を表します。

平山城児『新版手紙の書き方』　大泉書店
武部良明『社交手紙の書き方』　大泉書店
加藤一郎『新しい手紙文の書き方』　梧桐書院
古田夏子『模範女性手紙文の書き方』　〃
加藤卓郎『現代手紙の書き方』　〃
勝田淳二『手紙文の机上辞典』　日本文芸社
安藤静夫『手紙新百科』　日東書院
小松美保子『手紙上手』　実業之日本社
光明静夫『新しい手紙百科』　新星出版社
津田幹『よい手紙の書き方』　鶴書房
入江徳朗『新しい手紙文例集』　有紀書房
文化生活研究会『手紙と挨拶の日常事典』　博文社

里親

1

おとうさん、日本放送協会の集金人のお仕事はいかがですか。これまでは小学校の校長先生、おとうさんはいわば地元の名士でした。顔と名前とが町の隅《すみ》ずみまで知れ渡り、行き交う人はみんなおとうさんに挨拶し、頭をさげて通りすぎて行きました。それが定年で退職したとたん受信料の集金人、こんどはおとうさんのほうがだれかれの区別なく頭をさげ腰を低くして歩きまわらなくちゃならない。これまでとは勝手がちがうでしょうし、なによりかによりずいぶん辛いことが多いだろうとおもいます。でも、和子はおとうさんは偉いなあって、内心では舌を巻いているんですよ。家には、清子姉さんと義兄《おにい》さんの夫婦がいて、二人とも教師として働いている。だからおとうさんは楽隠居をきめこむこともできたはずです。盆栽をいじったり、町の句会に出たりして、のんびり暮そうとおもえば暮せたはずです。でもおとうさんはそのような〈楽な余生〉を断乎として拒否なさった。すばらしいわよ、おとうさん。

おとうさんには働く気力がある。これがとてもうれしい。人生に向って行く強さが、おとうさんにはある。これがなんといってもすてきです。集金の仕事で毎日十粁も二十粁も歩く。おとうさんの足腰はますますきたえられ、そのことはおとうさんに長寿をめぐむことでしょう。和子にはそれがうれしいんです。おかあさんをなくした痛手にもめげずがんばっているおとうさん。ほんとうに感心します。

ところで和子はこの前の手紙で、学費や生活費はもう送ってくださらなくても結構です、自分の才覚でなんとか稼ぎ出しますから心配しないでください、と書きました。ところが、今日、アパートに帰ってみると、おとうさんから七万円の電報為替が届いていました。うれしかった。でも、困るんです。この七万円を稼ぐためにおとうさんが何十軒、いや何百軒歩きまわらなくてはならないか。それをおもうと涙がこぼれます。どうか、もう送らないでください。自分で稼いだ金は自分自身のために使ってください。この次から送り返してしまいますからね。今回はありがたくいただいておきますけど。

……と強く出たのにはじつは理由があるんだ。わたし、二週間前から新宿のバーにおつとめしているんです。このあいだの午後、新宿に本を買いに出て、歌舞伎町をぶらぶらしていたら、へんな、迷路のようなところに迷いこんじゃったの。そこはコマ劇場の裏で、まあ、迷ったといっても、目を高くあげればどこからもコマ劇場が見えている。だからたいした迷路じゃないけれど、はじめはすこしどきどきしました。どう行けば大きな通りに出ることができるんだろうと、コマ劇場の高い壁を目あてに歩いて行くと、向うの方にちらっと大きな通りが見えました。ほっとして立どまり、ハンカチで鼻の横の汗を叩いていると、目の前のバーのドアに、

「カウンターのなかでわたしを手伝ってくれる女性を探しています」

と、書いた西洋紙が貼ってあるのに気づきました。ちょっと変った文句でしょう。だもんで、おや、とおもって眺めていました。そのうちにドアが開いて、二十七、八歳ぐらいの女のひとが棕櫚《しゅろ》箒と塵取りを持って出てきました。彼女は和子を見ると、にこっと笑って、

「さあ、おはいりなさいな」

　と声をかけてきた。

「やっとお掃除がすんだところなの。なかでお給料の相談しましょうよ」

和子のことを、ドアのビラを読んでなかに入ろうかどうしようかと迷っている応募者とまちがえたらしい。ふつうなら、

「ちがいます。わたし、あなたのお店の前でただ立ちどまっていただけなんです」

と答えて帰ってくるところだけど、その女のひと、とっても感じがよかったんだ。明

るくて、すてきな雰囲気を持った女《ひと》なの。細面《ほそおもて》にお白粉気なし。服装はジーパンに白のブラウス。清潔な印象を受けました。おまけにやさしそうだし……。そこでわたしはなかに入って、六時から十二時までカウンターの内側で彼女のお手伝をする、ときめてしまったんです。六時間で三千六百円くれるそうです。つまり月に十万近い収入が保障されたわけ。だから、仕送りはもう不必要ですよ、とこの前の手紙に書いたんでした。

バーに勤めたからって心配しないでください。女主人の人柄のせいでしょう、客種はとてもいいですから(彼女の名前は秋子っていうんです。お客様には絶対にべたべたしないの。お客様の方もそれを承知しているので、エロサービスみたいなことはちっとも期待していない。たいていはお客様同士で議論しあっていますよ。それで気楽だし、勉強にもなります)、ほんとうにご安心ください。お客様はほとんどが常連です。編集者が五、学生が三、ルポライターが二、といったところかな。それから作家の先生方がよく見えますよ。和子が働きはじめた最初の日は中野慶一郎先生がお弟子さんを連れておいでになりました。ほら、推理小説家の中野慶一郎よ。おとうさんも先生の小説をふたつやみっつはきっと読んだことがあるはず。写真でみるよりずっと小さいんでびっくりしちゃった。でも、写真より実物のほうが何十倍も魅力的だった。お弟子さんは藤木英夫といって、無名の文学青年ね。中野先生の言いつけで図書館に出かけて資料を探したり、神田の古本屋を廻ったり、ときには先生のかわりに取材にも行くんですって。コンパクトカメラでね、指定された町並や、名所旧蹟や、お城などをパチパチ撮ってくるわけ。で、先生はその写真を見ながら風景描写をする。つまり、先生は取材に出かける暇もないほど、売れっ子でいらっしゃる。と、これはまあ皮肉のつもり。

藤木さんの右の中指には大きなペンだこがありました。触らせてもらったら石のように固かった。こんなペンだこができるぐらいたくさん書いてもまだ無名、たいへんなんだなあ、と同情しました。中野先生は、

「こいつは自分の文体をちゃんと持っているのだが、着想に輝きがない。構成力にも欠ける。そこらあたりが問題だな」

と言っていました。藤木さんはずいぶん内気な性質《たち》らしく、ひとことも言い返したりせず、ただ下を向いたまま頷くだけ。和子、すこし藤木さんが可哀想になっちゃった。

というわけで、ひょんなことからすてきな自活の道がみつかっちゃったんです。大学の文学部教室より、この十人もお客様が入れば身動きできなくなる四坪の『ラルゴ』(これがバーの名前)のほうが、ずっと文学的雰囲気に満ちています。偶然にも、秋子ママのマンションと和子のアパートは同方向で、帰りはいつも一緒です。ですからそれこそ爪の垢ほどの心配もいりません。では、おとうさん、元気でね。お姉さんたちにも心配無用といっといてください。

四月二十八日　　　　　　甲田和子

甲田総吉様

2

お手紙ありがとう。でも、おとうさんたらたいへんな千里眼の持主ね。どうして和子が中野先生のお弟子さんの藤木英夫という作家志望の青年に好意を持っているってこと、わかったの。前の手紙ですこし藤木さんのことを書きすぎたのかな。

ずばりと見抜かれた以上、隠していても仕方がありません。和子は藤木さんのペンだこに触れさせてもらったときから、彼のことが好きになってしまったんです。ううん、「好き」ということば、正確じゃないな。なにか運命のようなものを感じたのです。

(この人はまだ、二十四、五歳だというのに大豆ぐらいもあるペンだこをこしらえている。きっとたいへんな努力をしているんだわ。才能があるのかどうか、それはわからないけど、でもこの人の努力はたぶんひとつかふたつ、すばらしい作品を完成させるはず。わたしになにかお手伝いできることがあればいいなあ)

そうおもったのです。女子大の国文学科を卒業しても、せいぜい縁談があったときにお免状をひけらかすぐらいが関の山でしょう。それよりもそんなお座なりのお勉強なんか放ったらかして、なにかこの人の力になってあげる方がよほど「文学する」ということに近いんじゃないか、和子はそう考えました。筋道は通っていないかもしれないけれど、とにかくそういう声が心の中でしたのです。

このあいだ、和子の目の前で、藤木さんが中野先生からこっぴどく叱られていました。

「藤木くん、このごろ、きみはなにかいい材料をみつけたかね」

という中野先生の問いに、あの人は、文化文政のころの江戸日本橋の大きな砂糖屋のことを調べています、と答えました。なんでも当時、日本橋に屋号がずばり『砂糖屋』という店があって、砂糖丸《がん》という高貴薬を売っていたそうなの。朝鮮人参の粉末を砂糖の衣でくるんだ小粒の薬で、貝の中に十粒入って一分もしたんですって。あの人は、この砂糖丸でなにかトリックを考えて推理小説を書いてみたいとおもっています、とつけ加えた。そしたら、中野先生が突然、カウンターを叩いて怒鳴り出した。

「ばか、何度言ったらわかるんだ。きみの力では、まだ時代ものの推理小説はむりだ。下手をするとへんてこりんな捕物帖になってしまうぞ。だいたいこのごろの読者は時代ものを敬遠する癖《へき》がある。だからまず、現代ものを書け。まったくなにが砂糖屋だ、このばかもの」

中野先生はグラスのお酒をあの人の顔に浴びせかけて、出て行ってしまった。そのときの先生はたしかにひどく酔っていた。でも、いくら酔っていたからって、これはあんまりです。他人《ひと》がなにを題材に、どんな小説を書こうと勝手、ほっとけばいいじゃないか。でもあのひとはひとことも抗弁せず下を向いていました。

（この人はこのままではなにも書けなくなってしまう）

和子はそう直感した。

（先生に対して萎縮し萎縮し萎縮し抜いて、結局はなにもできずに終ってしまう。たとえたいしたことのないアイデアでも、「おもしろいわ」「すてきよ」「とにかく書いてみれば」と合槌を打ち、ほめあげる役目をする人間が要《い》る。ことばは悪いけどこの人にはおだて役がいなくてはだめなんだわ）

　和子は自分がその役をしようと決心しました。その夜、和子は藤木さんをアパートまで送って行きました。そして、次の日は藤木さんのアパートから『ラルゴ』へ出勤しました。和子はこの数日のうちにいま居るアパートから出るつもりでいます。

五月十五日　　和子

父上様

3

ありがとうございました。ひとことの相談もせず勝手に男性のアパートに移ってしまった和子のわがままをおとうさんは「仕方がない。とにかく一所懸命やりなさい」とみとめてくださいました。感謝しています。英夫さんの手紙も、これと同時に着くはずです。いきなり破いたりせずによく読んであげてくださいね。

一週間前から、歌舞伎町の喫茶店のウェイトレスもはじめました。正午から六時まで働いて五千円になります。だから和子は『ラルゴ』の分と合せて月に二十四、五万は稼ぐわけ、ちょいとしたもんでしょう。英夫さんも中野先生から月に七、八万、お小遣いをいただいてきますから、どうにかなるとおもいます。ひと月三十万以上の収入があるのに〈どうにかなるとおもう〉だなんて、ずいぶん贅沢のようですけど、英夫さんはよく本を買い込んでくるんです。

このところ、わたしたちはこんな時間割で暮しています。

午前十時起床。和子はお弁当をふたつ作ります。ひとつは英夫さんの夕食。もうひとつは和子の夕食。朝食をすませて、

午前十一時。ふたりで出かける。英夫さんは中野先生のお宅へ、和子は喫茶店へ。

午後六時。英夫さんはアパートへ帰って、弁当で夕食をすまし江戸川乱歩賞に応募する推理小説の執筆。和子は『ラルゴ』へ行き、弁当をたべる。

午後十二時。和子は『ラルゴ』からアパートへ。新宿からアパートまで三十分ぐらいかかりますけど、帰るとすぐ夜食の支度をします。もっとも英夫さんが食事を作って待っていてくれることもあります。ただし、そういうときは筆がうまく進まないみたい。だから和子は食事が出来ていてもあまりうれしくありません。

午前二時。就寝。

ところで、いま英夫さんが書いている推理小説のことだけど、とてもすばらしいアイデアなの。題名は『里親』。梗概《あらすじ》を教えてあげましょうか。ただし、この小説が世間に発表されるまで絶対に他人に話したりしないでね。このアイデアをだれかに盗まれたりしたら、英夫さんは絶望のあまり自殺しかねないから。

主人公は推理小説家です。それも中野先生クラスの流行作家。名前は新堂恒三。新堂は子どもに恵まれなかったので、十五年ばかり前、奥さんの了解を得て、ある養護施設から当時十歳の少女を養女にもらいうけました。少女の名は奈美です。

奈美が十二歳になったとき、新堂の奥さんが病気で死んでしまう。それからは新堂はひとりで奈美を育てあげます。その丹精が実を結び、やがて奈美は美しい娘に成長しました。新堂はつきあいのある出版社に仕事熱心で心のやさしい青年がいると、きまって奈美に、

「どうかね、あの青年と交際してみては……」

と誘い水を向ける。しかし、奈美はそんな話には見向きもしません。

「わたしはおとうさんとこの家でいつまでも一緒に暮したいんです。一生、結婚しません。それにあたしが結婚してしまったら、いったいだれがおとうさんの身のまわりをみてさしあげられるというのですか」

こう答えて、新堂のそばに影のように寄りそっている。

……和子の下手くそな文章ではどうもだめだわ。英夫さんはいま、このあたりを書いているんだけど、とっても雰囲気が出ているんだ。新堂と奈美はたてまえとしては父と娘。でも、次第におたがいに相手を異性として意識しはじめるのね。父娘《おやこ》であると同時に、恋人同士でもある二人が広い屋敷でひっそりと暮している。仕合せのようでもありやるせないようでもある、その妖しい雰囲気がすてきなの。女性の読者はこの冒頭の数章できっとゾクゾクするはずよ。

とにかく先へ進みましょう。

新堂は夜になるときまって奈美の寝室のドアを叩こうという誘惑にかられます。でもそのたびに、（自分は間もなく六十歳に手の届く、人生からの退役も間近い男。たとえ、奈美と結婚しても、彼女を仕合せにできるかどうかわからない。それに二十年もしないうちにこの世から消えてしまわなければならない。わたしの愛は彼女を苦しめるのに役立つばかりだろう）と自分に言いきかせ辛うじて思いとどまります。

奈美が二十五歳になったとき、新堂は取材先でひとりの青年技師と知り合います。仕事のよくできる、快活な青年です。この男になら奈美の未来を托すことができる。新堂はこう確信し、強引に縁談をまとめあげる。はじめのうちは渋っていた奈美も、新堂がこの縁談にあまり夢中になっているので、恩返しのつもりで青年との結婚を承諾しました。

明日はいよいよ奈美の結婚式。その前夜、新堂はおそくまで眠れず、奈美を引き取ってからの十五年間のことをあれこれと思い出している。と、寝室の戸がすっと開いて、ネグリジェ姿の奈美が入ってくる。おどろく新堂に奈美がいいます。

「あなたはこの奈美をここまで大きくしてくださいました。一人前の娘にしてくださいました。どうかこれからこの奈美を女にしてください……」

なにが推理小説なものか。へんてこりんなラブロマンスがつづくばかりで、殺人がちっとも起らんではないか。おとうさんはたぶんこう思っていらしているにちがいない。あせらないで、おとうさん。話はこれからなんだから。

式のあと、披露宴の行われたホテルで新婚第一夜を過す奈美たちに別れを告げて、新堂は家へ戻りますが、奈美のいない家はなんとなく淋しい。そこで新堂は新宿に出て、ふらりと汽車に乗ります。あてのない感傷旅行に出かけようというわけです。あくる朝、新潟駅の近くの食堂でテレビを眺めていた新堂は、

「新婚の夫、殺さる。新婦は謎の失踪」

というテロップが出たので仰天してしまう。アナウンサーの語るところによれば事の真相はこうです。前夜午後十時ごろルーム・サービスのウェイトレスが飲物を持って奈美たちの泊っていた部屋をノックしたところ内部《なか》から呻き声が聞えてきた。合鍵でドアを開け入ってみると、バスルームに例の技師が仆れていた。技師は剃刀のようなもので

咽喉を切られており、すでに絶命していた。そして、奈美の姿は部屋のどこにも見えなかった。警察は奈美を怪しいとみて、目下その行方を追っている……。

新堂はとっさに自分が技師殺害の犯人として名乗り出ようと決心します。書くべきことはほとんど書き終えた。自分の未来には老いぼれとしての余生があるのみである。それなら奈美の身替りになろう。あの奈美のことだ、きっとそれ相当の理由があってやったにちがいないが、しかし、捕まればすくなくとも七年やそこらは獄房につながれることになる。それでは奈美が可哀想だ。

そこで新堂は東京へとって返すが、はたと困ってしまう。動機はなんとかでっちあげるにしても、自分には、犯行の行われた時刻に汽車に乗っていたというアリバイがある。奈美の罪をかぶるためには、自分のアリバイをこわしてしまわなければならない。新堂は東京に帰ると、さまざまなアリバイ否定工作をし、警察へ自首して出ます。一方、警察側は新堂の自供を信じません。あくまで真犯人は奈美であると目星をつけている。それで奈美を追いながら、新堂のアリバイを立証しようとします。

どう、おとうさん。すごいアイデアでしょう。これまでの推理小説では、警察側がアリバイ崩しに躍起になるのが常套でしょう。それが英夫さんのこの『里親』では、警察側が必死でアリバイを立証しようとするのよ。江戸川乱歩賞はきっと取れると思うわ。いいえ、思うどころじゃなくて信じています。話はこのあとにも大どんでん返しがあるんだけど、和子はもう手首が痛くなってしまった。英夫さんがどんなドンデン返しを用意しているか、そしてそれがどんなに巧妙などんでん返しか、この小説が当選作になり、講談社から本になって出たときに、ご自分でたしかめてください。

和子はいま茶断ちをしています。英夫さんが脱稿するまで、どんなに辛くても、お茶は飲まない覚悟なの。それでは元気でね。

六月一日　　　　　　　　　和　子

父上様

4

おとうさん、和子は死んでしまいたくなりました。

今夜、中野先生のお供をして、英夫さんが『ラルゴ』へやってきました。中野先生はもうすでに酔っていて、カウンターの前に坐るなり、英夫さんに向って皮肉たっぷりの口調でこう言ったんです。

「きみのことを先物買いしたあわて者の女がこの近くにいるそうだな」

英夫さんはすこし顔色をかえたけど、やはり性格なのね、なんにも言えず、ただ低い声で唸っていた。

「その女がなぜあわて者かというとだね、きみがいま書いている『里親』とかって題名の小説はたぶん陽の目を見ずに終ってしまうからなんだな」

ああ、英夫さんてお人よしなんだな、と和子は思った。いくら師匠だからって、あのアイデアだけは話しちゃだめなのに。

「なぜ、きみの『里親』は陽の目をみないか。たしかに着想は悪くないよ。しかし二番煎じだ。同じアイデアの推理小説をたしかどこかで読んだことがあるんだ」

「でも、あのう」

珍しく英夫さんが中野先生に言い返そうとした。

「そのう、ぼくにはこのアイデアをまだだれも使っていないという自信が……」

「いや、イギリスのアンドリュー・ガーヴに似たようなのがあったぜ」

「ぼ、ぼくはガーヴのものを全部、読んでいるつもりですが……」

「ばか。だからきみはだめなんだ。ガーヴには未翻訳のものだってあるんだよ。ぼくは英語で読んだのさ。きみも女の尻ばかり追っていないで、向うのものをすこしは原文で読みたまえ」

「……」

英夫さん、小さくなってしまった。

「中野先生。英夫さんのアイデア、なにからなにまでそのイギリスの作家と同じではないのでしょう」

英夫さんのかわりに和子がいってやりました。

「そりゃあね。まあ、ずいぶんちがう」

「じゃあ、どうかおしまいまで黙って書かせてあげてください。おねがいします。英夫さんには英夫さんの文章があるし、出来上ったものはずいぶんちがうものになるだろうと思うんです」

「しかし、警察側が自首して出た人間のアリバイの立証に精魂を傾ける、という基本アイデアが似ている。これは話にならんよ」

「でも……」

「おまえさんだね」

中野先生の目がすわった。

「藤木を先物買いしたのは。ふん、お気の毒さま。こいつはこのままじゃあ碌なものは書けやしない。いまのうちに逃げ出した方が身のためだね」

この男、殺してやりたい。和子は一瞬、そう思った。今夜は英夫さんと連れ立ってアパートに帰ってきました。でも英夫さんはずーっと口をきいてくれません。あんまり辛くてみじめなので、おとうさんに愚痴を言ってしまった。ごめんなさい。

六月十日　　　　　　　　　　　和子

父上様

5

　おとうさん。この手紙が届くころは、テレビや新聞や週刊誌が、それこそ耳がガンガンするぐらいの大さわぎをしているだろうとおもいますが、たいへんなことが起りました。中野先生が殺されたのです。いま、午前四時ですけれど、三時間前の午前一時、書斎で仕事中のところをだれかに背後から鋭利な刃物で咽喉を切られてしまったんです。和子は知っています。その〈だれか〉とは英夫さんなんです。

　要点だけを書きます。『里親』のアイデアと似たものがイギリスの作家の小説にあったよ、と中野先生に指摘された晩はそんなでもなかったんだけど、その数日後から、英夫さんの様子がどうも変でした。突然、しくしく泣き出したり、浴衣の上にズボンをはいて外出したり、本をさかさに持って音読したりしはじめたの。そして三日前の晩、食事の支度がなんとなく面倒だったので、近くのスナックへ行ってスパゲッティをたべました。このときはびっくりしました。いきなり手摑みでたべだしたんです。その上、スパゲッティを自分の頭にのせて『オオ・ソレミヨ』かなんか歌いだした。アパートへ連れて帰ったらとたんにいつもの英夫さんに戻ったので、そのままになってしまいましたけど、あのとき、英夫さんをどうしてすぐに精神科のお医者さんのところへ連れて行かなかったのか、といまになって悔まれます。

さて今夜、和子はいつもと同じように十二時半にアパートへ帰ってきました。英夫さんはいなかった。こんなことははじめてなのでとても心配で、食事の支度どころじゃない。三時すぎまでアパートの入口に立って待っていた。それでも英夫さんは帰ってこない。半分べそかきながら部屋へ戻ると、ドアの鍵があいてました。そっとドアを開けると、流しで英夫さんがカッターを洗っていた。英夫さんは鉛筆をカッターで削るんです。

「いまごろまでどこでどうしていたの。ずいぶん心配したわよ」

と声をかけたら英夫さんは、

「ちょっと散歩……。非常階段から上ってきたんだ。表から入ってくればよかったね」

と答えて、そそくさと布団にもぐりこんでしまった。そのとき、管理人のおばさんが仏頂面でやってきた。「電話ですよ。ずいぶん慌てているようだったから取り次いであげるけど、もう二度とごめんですからね」

電話は中野先生の奥様からでした。奥様は中野先生に起ったおそろしい変事を告げて、英夫さんをすぐこっちへよこすようにおっしゃった。英夫さんを起して送り出したあと、和子は部屋の中を家捜ししてみました。押入れのすみから血のついたタオルが出てきた。きっと、カッターを包むために使ったんだわ。

おとうさん、もうおしまいです。この手紙、焼き捨ててください。

六月十九日未明

和　子

6

父上様

　昨日は一日中、警察に居ました。今日は一日中、秋子ママのマンションで休ませてもらいました。テレビの報道などでとっくに知っているでしょうけど、英夫さんはほとんど真犯人と目されています。凶器が見つかれば決定的……。でも凶器はまだ発見されていません。和子が隠してしまったんです。タオルは鋏でこまかく切り刻んで座布団の綿と混ぜました。水洗便器に流してしまおうと思ったけど、つまってしまいでもしたら一大事です。それで座布団の綿と混ぜることを思いついたの。カッターは『森銑三著作集』第一巻の頁をくり抜いて埋め、本棚に並べておきました。(忘れないうちに書いておきます。この手紙も焼き捨ててください)

　ところで、おとうさん、英夫さんがなぜ中野先生を殺すつもりになったか、わかりました。『里親』が中野先生にけなされたからではありません。じつはさっき、秋子ママが、

「お店にあなたに宛てて手紙が来ていたわよ」

と、封書を渡してくれました。差し出し人の名前は書いてなかった。でも、表書きの文字をみて心臓が停りそうになりました。英夫さんの筆蹟だったんです。中味は読むと

すぐ焼き捨ててしまいましたが、こういう文面でした。

和子よ。

ぼくは狂ったのではない。狂ったふりをしていただけだ。ではなぜ佯狂《ようきょう》を企てたのか。

「事件当時、被告人は自己の行為に対して責任をもち得る精神状態にはなかった」と印象づけるためだ。これに成功すれば無罪になることができるんだ。謀殺も考えたが、これはかえって危険だ。そこでぼくは逆手で行くことにした。

先生を抹殺しようと決心したのは、『ラルゴ』で先生がきみを怒鳴ってから数日後のこと、先生が、

「藤木くん、例の『里親』のことだがね、あれ、ぼくが書かせてもらうよ」

と言ったときだ。『里親』のアイデアは二番煎じだ、外国に類似のものがあるよなどとさんざんけなしてぼくにやる気を失くさせておき、その舌の根も乾かぬうちに、おれに書かせろ、あのアイデアはいただきだ、なんてあんまりひどすぎる。

外国に類似のアイデアがあるかどうかは知らないが、あれにぼくはすべてを賭けていた。それを横取りされたのではぼくに未来はない。よし、とぼくは思った。先生がぼくの未来をそんな卑劣なやり方で閉そうというのなら、こっちも先生の未来を卑劣

な手段で閉してやる。もう許せない。

ぼくはこの手紙を『ラルゴ』宛に投函してから、先生の書斎へ忍び込むつもりだ。無罪になって、精神病院で四、五年すごしてきっとおまえの許へ戻る。待っていてほしい。この手紙は焼き捨ててくれ。英夫。


おとうさん。この手紙を読んでいるうちに、和子はどうしても英夫さんに『里親』を完成させてやりたくなりました。そして、こんなことを思いついたんです。これはおとうさんやお姉さんに想像もできないほどのご迷惑をおかけすることになりますが、最後のわがままです、どうかお聞き入れください。

和子には中野先生を殺す動機があります。凶器も血染めのタオルもあります。それで、和子が英夫さんのかわりに中野先生殺しの真犯人になります。秋子ママの実家が信州の飯田市にありますので、近いうちにそこへ出かけます。そして、そこからおとうさんあてに一切を白状した手紙を書きます。その手紙の末尾を、

「……すべてを白状したいま、和子は死出の旅に出かけます。食料をもたずに山の中に入って、飢えて死ぬ決心です。探さないでください」

という文章でしめくくっておきます。

おとうさんはすぐその手紙を警察へ持ち込んでください。山の中をうろうろしている

ところを捕まり、和子は裁判にかけられることになるでしょう。でも、それでいいんです。英夫さんさえ助かれば。そしてあの人が『里親』を書きあげてくれれば。……さようなら。

六月二十日　　甲田和子

甲田総吉様

7

おとうさん。今朝の朝日新聞をみましたか。神様はほんとうに意地悪です。信じられないような悪戯をなさる。信州飯田へ出かけようとして新宿へ行き、構内のスタンドで朝日を買いました。そしてホームのベンチで三面記事を眺めていますと、

「中野慶一郎氏の絶筆騒動」

という見出しが目に入りました。読んでみると、中野先生の絶筆は『推理同人』という同人誌の依頼で書かれたものだが、それがいまあちこちの商業雑誌から「うちにも載せさせてほしい」「こっちにも」と奪い合いになっている、という記事でした。でも、問題は次の一節です。

「……なお、氏の絶筆となったエッセイは『砂糖屋』という題で、江戸後期の日本橋の砂糖屋を扱った五枚半の小品」

おとうさん、英夫さんは〈砂糖屋〉を〈里親〉と聞きちがえてしまったんです。和子はどうしたらいい？　ねえ、おとうさん……。

泥と雪

1

この手紙を差しあげようか差しあげまいかと、じつはずいぶん長い間、思案いたしました。といいますのは、あなたへ前にも一度お手紙を差しあげて痛い目にあっているからなのですが、そのときのことを憶えていらっしゃいますか。

いまから二十五年前、わたしは仙台市の、ある県立高校の三年生でした。宮城県というところは妙なところで男女別学の県、小学校と中学校は共学なのに、高校は画然と女子校と男子校に分れている。いまでもそのままだそうでまったく呆れてしまいますが、それはとにかく、そのころわたしは仙台の北の外れから、南東の外れにあるその県立男子校に通っていました。わたしたちの高校の近くに同じ県立の女子高校があって、才媛の集まる高校として有名でしたが、その前にさしかかるたびにわたしたちはそわそわと落ち着かなくなったものです。蛮カラが売物の仲間はやたら音高く朴歯の高足駄《たかあしだ》を引き摺り、勉強に自信のあるものはにわかに単語帳などを鞄から取り出して二宮金次郎を気取り、軟派をもって任ずる連中は校門に吸い込まれて行く女子高校生へことさらに野卑な声を掛け（あなたのご主人の津野君はこの一派だったのではないでしょうか）、なんの取得もない平凡な生徒たちは（わたしがそうでした）、ただ顔を赤くして足早やに通り抜ける……。その女子高校のある界隈では、毎朝のように右のような光景が繰りひろげられていました。

ところであるとき、わたしはひとりの女子高校生に恋をしてしまいました。その女子は冬になると、色白の顔を、赤と黒の格子の三角の厚手の布地で包んで登校するので、わたしたちの間では〈三角巾《さんかくきん》〉という綽名で呼ばれていましたが、どういうきっかけからかわたしはこの三角巾に夢中になってしまったのです。夢中になるといってもむろん一方的な片想いで、家を出る時刻や歩く速度をうまく加減して三角巾と途中で一緒になりたいぐらいのことでたかはしれていますが。

ある冬の日曜のこと、わたしは繁華街の本屋で偶然に三角巾と逢いました。ふだんの制服姿とはちがい、とても大人びていて、息がつまってしまうかとおもうぐらい綺麗でした。しかも彼女はわたしを見て微かに頬笑んだのです。あとになってそれはわたしの勘違いだったらしいとわかりましたが、とにかくそのときは頬笑みかけてきたように見えたのです。すっかり熱くなったわたしはその夜、便箋を何枚も反古にしたあげく一通の恋文を書き上げました。〈ぼくは将来、貿易商になろうと思って英語のほかに独乙語と仏蘭西語もやっているが、こういう男でよかったら交際してくれないか。とにかくあなたの名前と住所が知りたい。表記のところに返事をください〉とまあこんな内容の手紙を書いた。そして数日後の朝、登校の途中で三角巾と並んで歩く機会があったので、ありったけの勇気をふりしぼってその手紙を差し出しました。すると三角巾は汚い雑巾でも摘むようにして二本指で手紙を持つと、ものもいわずぱっと離してしまった。そのうえ、泥にまみれた雪の上に落ちたその手紙を三角巾は長靴の踵で何度も踏みにじって校門のなかへ駆けて行ってしまった。

　やがてそのうちに卒業式になり、式のあと学校の近くのそば屋の二階で教師を囲んで謝恩会が開かれましたが、そのとき、津野君がにやにやしながら傍にやってきて、

「おれ、このごろ、船山真佐子という女学生とつきあってるんだが、このあいだお前は真佐子にラブレターを渡そうとしたらしいな」

　と言いました。それでわたしはまた顔を赤くしなければならなくなったのでしたが、いかがでしょうか、思い出していただけましたか。わたしの手紙を踏みつけにして去った三角巾という綽名の女学生がつまりあなただったのですが。

といっても二十五年前のうらみつらみを並べるためにペンを執《と》ったのではありません。

胸に溢れるなつかしさがわたしにこの手紙を書かせております。このあいだ仙台で同窓会がありました。仕事の都合で（じつは一年の半分は海外に出ているのです）、これまで一度も出席できなかったのですが、今度はじめて出てみてたいへんに愉快だった。まる一日、正体をなくすほど酒をくらいましたが、そのときに津野君にお目にかかり、自然のなりゆきとしてあなたのことを思い出したのです。津野君は、

「女房とはあまりうまく行ってないんだ」

などとぶつぶつ言ってましたが、これはほんとうでしょうか。彼には悪者ぶるところがありますから、言葉通りには受け取れませんけれども。

どうも長々とくだらぬことを書いてしまいました。別便でエルメス・ド・パリの皮表紙の手帖をお送りいたしました。わたしの経営している文房具の輸入商会の扱い品で、三越本店や西武ピサなどへ卸しているものです。よろしかったらお使いください。なお、お返事をいただけるようでしたら表記の「港区赤坂三‐十二‐八、有信ビル内、佐伯商会」にあてでくだされればさいわいです。わたしはいまだに独身で事務所の一隅で寝泊りしております。久我山に一応家らしいものはあるのですが。ではくれぐれもお元気で。

九月十一日　　　　　　　　　　　　佐伯孝之

津野真佐子様

2

お手紙ありがとうございました。申し訳ありませんが、佐伯さんから恋文をいただいたときの記憶はまるでないのです。それにこう申してはなんですけれども、あのころのわたし、色の白いところが目立ったのでしょうか、毎日、付け文されてばかりおりました。高校時代に貰ったラブレターだけでも百通はらくに越えるでしょう。そのひとつひとつを憶えているかと言われてもむりです。貰いつけていなかったら、あなたの恋文はたぶん家へ持って帰って読んだことでしょうが、高校三年のときはもう悪擦《わるず》れしていたのでしょうね、貰ったらすぐその場で破くか捨てるかに決めていたのです。主人の津野はそういうところを見究めていたのでしょう、手紙ではなく、ことばで迫ってきました。それでわたしは主人とつきあってみるつもりになりました。結婚したのはわたしが宮城学院短大を卒業するとすぐです。そのころ主人は東京中野の小さな建設会社で働いていました。独立して建設業をはじめたのは十五年前、いまは建設会社のほかに舗道工事の会社も持っております。建設会社の方は苦しいらしいですが、舗道会社は好調のようです。主人が「女房とうまく行っていない」と申したそうですけれど、わたしにはまったく心当りはございません。

エルメスの手帖、ありがとうございました。カーフの黒皮、しかも手縫い。とてもすてきです。大切にいたします。

九月十四日

津野真佐子

佐伯孝之様

3

このごろ女房とうまく行っていない、という津野君の言葉をそのまま書きつけたことが、あなたのご不興を買ったようですね。お気にさわったとしたら幾重にもお詫びいたしますが、とにかくわたしはあなたのことが気になって仕方がないのです。

わたしたちの同級生に佐藤信太郎という商社員がいます。佐藤君は津野君とは仲がよくて、たしかお宅にも四、五回お邪魔しているはずですが、この佐藤君が、

「あれじゃ奥さんの真佐子さんが可哀想だ」

と言っておりました。なんでも、津野君は女にだらしがないらしい。これはあなたもご承知のことだ、と佐藤君が言うので書くのですが、十年来の愛人が津野君にはいるようですね。会社の女事務員に手を出したのはいいが、深間《ふかま》に嵌《はま》り込んで、なかなか切れない。切れないどころか、建設会社と舗道会社の帳簿と金庫とをその女ががっちりと抱え込み、女社長みたいにふんぞりかえっている、と聞きました。四十男が二十七、八の女に顎で使われている、津野のやつみっともないとは思わないのかねえ、と佐藤君は腹

を立てていましたが、事実としたらまったくひどい話です。

あなたは三角巾、わたしたち男子高校生の憧れの的、いわばマドンナだった。そのマドンナをこんな目に遭わせるとは許せない。ちかいうちに佐藤君といっしょに津野君を呼び出し、すこし意見をしてやるつもりでおります。

津野君の舗道会社はなかなか好調のようで同慶のいたりです。わたしの会社も、ちかごろ円高という強力な助っ人が現われてくれまして、すこぶるつきの快調、五人居た社員を七人にふやしました。ディオールの筆記具を買い付けにパリへ出張していた社員がついさっき帰ってきました。別便でディオールのボールペンをお届けいたします。四筋のベルトをあしらった個性的なデザインの傑作で、これは銀座の伊東屋さんが扱ってくれる予定です。替芯が必要になりましたら遠慮なくおっしゃってください。すぐお送りしますから。お元気で。

佐伯孝之

九月十八日

津野真佐子様

4

ずいぶんながいあいだご無沙汰いたしました。ごめんなさい。いただいたディオールのボールペン、とても使いやすく重宝しております。滑るように書けるという形容はほんとうにこのペンのためにあるみたい、インク滓も出ませんし、ほんとうにうれしゅうございました。

昨夜、ひさしぶりに夫が帰宅しました。夫の帰らない日をカレンダーに印をつけてチェックしてるんです、わたし。で、そのカレンダーによるとなんと二十七日ぶりの御帰館でした。こうなったらなにもかもぶちまけてしまいますけれど、普段は夫は四谷若葉町のマンションで寝起きしています。水原友子という例の女事務員と一緒に住んでいるんです。こんなことをいうのは口惜しいのですが、なかなかの美人で、よく気のつく娘《こ》でした（もっとも、この四、五年、一度も逢っていませんから、いまはどんな女か存じませんけれども）。ですから主人の会社に入りたてのころは、わたしも妹みたいに可愛がっていたのです。山梨から出てきて下宿住いをしていましたから、週末には家へ招んで御馳走をたべさせてあげたり、着古しのドレスや下着をあげたり、できるだけのことはしてあげたつもりです。ご存知かどうか、わたしたちは子どもに恵まれておりません。夫もわたしもお医者様に診ていただきましたが、どこにも異常がない、それなのにどうしても赤ちゃんが授からないのです。そんなわけでなんとなく淋しく暮していたところへ――夫はときどき女をこしらえていたようですけれど――可愛い女の子が飛び込んできたものだから、二人ともすっかり夢中になってしまったんですね。ところが二年ほどたって彼女の身体にちょっとした異変がみえはじめました。この異変は結婚という尋常な手続きを踏んでいれば周囲から祝福される性質のもので——気取った言い回しをしてごめんなさい、つまり彼女は身籠ってしまったのです。同時に夫の様子もおかしくなりました。急にわたしによそよそしくなり近づかないようになった。そして、わたしの目の届かないところでは彼女の肩に手を回しひそひそ声でなだめたり、すかしたりしている。ぴんときました。彼女のおなかで育ちつつある赤ちゃんの父親は夫なのだ。わたしは夫をなじり、彼女の髪の毛を摑んで引き摺り、とうとう最後には睡眠薬を飲み、手首を剃刀で切りました。でも死ぬことはできなかった……。皮肉なことに夫の発見が早かったのです、そうして彼女の看護ぶりは献身的でした。退院してしばらくしてから夫が「すまないことをしてしまった。がしかしこうなった以上、自分は責任をとらなくてはならない。友子は子どもを生むのだし、おまえとしては踏まれたり蹴られたりでさぞ腹の立つことだろうが、このさい身を引いてはくれないだろうか。この家はむろんのこと、一生たべて行くのに困らないものはちゃんと用意するが」と言ってきました。わたしは断わりました。そして「どんなことがあっても離婚届には判を押さないから」と睨みつけてやりました。それ以来、夫は週の前半の二日か三日はうちに戻ってきて、あとは彼女のマンションで過すという生活を送っています。

あんなにかたくなに離婚を拒否しなくてもよかったのに、とこのごろ思うことがあります。そういう男なのだとはやく夫に見切りをつけた方がよかったのかもしれません。

でもやはり許せない。「友子は子どもを生むのだし……」と子どもをたてに別ればなしを切り出してきたのが許せない。ネズミだって退路を完全に絶たれれば相手がネコだろうが人間だろうが構わずに逆襲してくるというではありませんか。わたしの一番弱いところを、痛いところを突っついてきた罰、死ぬまで別れてなぞやるものか。つまらない意地だとお思いでしょうけど、この意地、どこまでも貫くつもり。ここまで頑張ったのだ、途中で折れてたまるものですか、と気弱になるたびに自分に言いきかせております。いただいたボールペンがあんまりよく滑りますので、ついついつまらないことまで書いてしまいましたけれど、とにかく昨夜、帰ってくるなり夫は、「今夜、佐藤と佐伯に呼び出しをかけられた。逢いたいというから出かけて行ったら、なんのことはない、二人がかりでお説教をはじめやがるのさ。佐伯なぞ顔を真赤にして『君はいっぺんでもいい、奥さんの身になってものごとを考えたことがあるのか』と喰ってかかってきた。やれやれ友だちというものは煙ったいものだね」とぶつぶつ言っておりました。夫とは長いつきあいですから、迷惑そうな口ぶりの底に友だちへの感謝の気持があることは容易にみてとれました。でもじつは夫にはさらにもうひとつの底があるんです、友だちの直言をありがたがってみせることで自分は充分に反省しているのだぞとわたしに思わせようとしているわけですね。なんのために？　わたしをほろっとさせわたしの心を開かせるためにです。心を開かせその隙間にさっとつけ入って離婚届に判を捺させようと企んでいるんです。しょっちゅうそうなんですから、こっちとしてもなかなか油断はなりません。

またボールペンが横滑りをしてしまいました。わたしは本当は夫に直言してくださったあなたへ素直に感謝したいと思ってこの手紙を書きはじめたのですけれども。ところで、夫の卒業アルバムで佐伯さんを探し出しました。美少年でらしたのね。二十五年前、あなたから付け文されたとき、わたしはどこを見ていたのかしら。そのときはわたし、まだ、ものの美醜がわからなかったみたいですね。

十月三日　　　　　　　　　　　　　　　津野真佐子

佐伯孝之様

5

ぜったいに夫とは別れてやらない、意地でも別れるものかというあなたのお手紙を読んで、二、三日、考え込んでしまいました。あなたをそこまで追い込んだのはなにか。ひとつはいうまでもなく津野君の不貞です。彼にいわせれば、子どもが欲しかったとか、若い娘の肉体についふらふらになったとか、いろいろ理屈はあるでしょうが（いずれも「泥棒にも三分の理」の、あの勝手な理の域を出ませんが）これはとにかく津野君に非がある。しかし、わたしはお叱りは覚悟の上であえて申しあげますが、あなたは自分で自分を〈かたくなな、心のせまい女〉の枠にはめこんでしまわれている、そのように思われてなりません。復讐を一生の仕事にして生きるなんておよしなさい。その復讐心に逆にあなたが復讐されますよ。それより外へお出なさい。外の自由な空気をお吸いなさい。明けない夜はなく、引かない潮もない、冬の北風は木々の葉を散らしてもやがて春の南風が同じ木の枝の芽を育てるのです、半年もしないうちに復讐心などきっと忘れてしまいますよ。どうです、よろしかったらうちの社へいらっしゃいませんか。自活できるぐらいの給料はお出しできます。それに津野君だってなにかしてくれるはずですし……。

ここでちょっと勇気のいることを書かなくてはなりません。外へ出て自由な空気を吸うきっかけをつかむために、わたしと一度遠出をしてみませんか。場所は山形の上ノ山温泉高湯ホテル、日時は十月二十日の午後一時。毎年十月下旬になると、わたしはこの高湯ホテルに出かけて行き、しめじを山ほどたべるのをきまりのようにしております。とれたての、竹箒の先ほども大きなしめじを、バターをたっぷり落したフライパンの上でさっと炒めて醤油でたべるだけですが、これがまことに絶品なのです。どなたの口にも適《あ》います、それは保証してもいい。あくる日は、近くの川原で芋煮会を楽しみ、夕方、東京へ引き揚げるというのがいつものやり方ですが、外泊というのはいろいろと差支えがあるでしょうから、しめじのためだけに出てくだされればよろしい。きっと気に入ってくださるはずです。山の幸をたべながら、二人がかりであなたの将来の設計図を引き直しましょう。むろん、このことは津野君におっしゃってくださって結構です。また彼に黙ってお出かけになってもかまいません。どちらもあなたの自由ですが、とにかくあなたを誘い出した責任はきちんとわたしが背負います。お得意様へのお歳暮にしようとルイ・ヴィトンの旅行鞄を三十ほど買い込みました。そのうちのひとつを別便でお送りいたします。どうかその鞄をさげてお出かけください。上野から山形までは四時間ちょっと、日帰りも充分に可能です。それではお待ち申しあげております。帰りにはきっとあなたの鞄に未来への希望がつまっていることでしょう。

十月七日　　佐伯孝之

津野真佐子様

6

あなたの心やさしいお手紙がどんなにわたしを元気づけてくれたか、お書きになったあなたにもおわかりにならないでしょう。あの手紙をいただいてから、わたしの様子がたしかに変ってまいりました。自分ひとりのために台所に立って夕食をつくる、これぐらいわびしいことはありませんが、昨日今日のわたしはまるでちがいます。なにしろ「渚のシンドバッド」かなんか口遊《くちずさ》みながら包丁を動かしているのですもの。

そして、不思議なことに〈今夜も主人はあの女のところかしら〉などと考えて、かっかっすることもなくなりました。〈どうぞご勝手に〉と、こんな心境なのです。外に出る、自由な空気のもとで自活する、これが耳鳴りのようにいつも聞えております。どうしてそんな簡単なことに今まで気付かなかったのかしら、と自分自身を訝しむ気持さえ湧いてきました。

山形へは参ります。日帰りだなんてもったいない。芋煮会が終るまでちゃんとおつきあいいたします。でも、これはわたしの決めたこと、決して負担にお感じにならないでください。わたしも四十歳をこしました。自分の責任で行動いたします。もちろん、このことを津野に言うつもりもありません。これはわたしにとって一生に一度の、大事な個人的体験です。他人に断わりを入れたり、他人から許可を貰ったりする筋合いのものではありませんもの。……とここまで書いてきて気がついたのですけれど、わたしはやはりこれまで、津野を憎みながら、津野に頼って生きてきたみたいです。どうもうまく申せませんが、わたしは津野を困らせてやろう、それだけを生甲斐にしてきました。生甲斐が他人の上にあるなんて考えてみればおかしなはなしですが、それがおかしいことだなどと考えてみたこともなかった。ほんとうにだめな女でした。津野が独立して建築会社をはじめたころ、わたしは経理を手伝っておりました。出入りするのは粗野な口をきく男たちばかり。土間はいつも泥だらけ。聞えてくるのは野卑な猥談。ほんとうにそれは泥の世界でした。ああ、自分は道を誤まった。会社員やジャーナリストや学者を一生の伴侶として選ぶべきだった。わたしには雪の世界があうんだ、と思い、夫の世界に対してぴしゃりと心を閉してしまいました。このおそろしい傲慢の罪。水原友子という女はひょっとしたらわたしの傲慢を罰するために神がおつかわしになった存在かもしれない。しかもそのことをあなたとお手紙を交わすまで気がつかなかった。救われませんね、わたしという女は。

十月二十日、ルイ・ヴィトンをさげて山形へ参ります。どうかわたしを津野の妻だなどとお思いにならないでください。二十五年前、あなたが付け文なさった三角巾という綽名の女子高校生だとお思いください。

十月十五日

津野真佐子

佐伯孝之様

7

この走り書をあなたに手渡すはずの青年はわたしの会社の社員で三浦広一君といいます。じつは、パリの駐在員がエルメス・ド・パリ社とトラブルを起し、いそいでその善後策を講ずるために、わたしは今夜のエール・フランス機で向うへ発たなければならないことになりました。代理ではこの役目はつとまらないのです。なにしろいろんな問題が絡んでおりますので。

そこで今日の午後、あなたの行方を必死になって探しました。津野君にも電話を入れてみました。彼は「十八日から二十一日まで、気のあった友だちと東北旅行をしてくる、という伝言がたしかに真佐子から入っている。いまどこにいるかはわからん。しかし、きみはどうして真佐子の行く先をそう気にしているのだい」と、あべこべに聞き返してきました。「いいや、べつにたいした用事ではないのだが……」とごまかして電話を切ろうと思いましたが、すぐに、まてよと思い返した。いずれこのことは表沙汰になる。そのときに「真佐子をおまえにやるわけにはいかない。こうなれば男の意地だ、こんどはこっちが別れてやらんぞ」などと言い出されては困る。正直は最良の政策だ。こう考えてわたしは、

「ぼくは真佐子さんと結婚しようと思っている。真佐子さんの気持はまだ聞いていないが、多分、承諾してくれるはずだ。なぜなら、明日の晩、ぼくらはある温泉の同じ旅館に泊る約束ができていたぐらいだから」

と、枕をふって、これまでの手紙交換のことからなにからすべて彼に告げました。津野は逆上して怒っておりましたが、

「誘ったのはぼくだ。だからすべての責任はぼくにある。急用でちょっとパリへ行ってこなくてはならないが、帰ったらきちんと話の筋は通す。真佐子さんを責めるのはそれ

まで待て」

と何度も頼みましたところ、おしまいにはどうやらだいぶ軟化して「うむうむ」と頷いていましたから、安心なさってください。ただひょんなことから、あなたへの愛を、あなたより先に、まず津野に打ち明けなければならなくなったことを、わたしは残念に思っています。不手際でした。お詫びいたします。

さて、仕事が片付き次第、帰ってきますが、それが何日かかるか行ってみないことには見当がつきません。五日ですむかもしれないし、十日かかるかもしれません。そこで提案しますが、あなたもパリへいらっしゃいませんか。そうなればわたしもいま起っている問題とゆっくり取り組むことができますし、その間、あなたはパリ見物ができる。仕事が片付いたらヨーロッパを旅行してまわったっていい。そうして、スイスかイタリアで結婚式をあげる……。

旅券その他渡航に必要な手続は三浦君がいたします。彼はその方が専門であちこちに顔がききますから、考えているよりもずっとはやくあなたはパリへおいでになれるでしょう。このこと、しめじを召し上りながら考えておいてください。もっとも、日本の法律では離婚後六ヵ月を経過しないと再婚できないことになっているらしいので、このプランはだめかもしれませんが。宿泊料は三浦くんにお委せなさい。彼は明日の夕方には東京へ引っ返さなくてはなりませんが、あなたは明後日までゆっくり休息なさい。愛しています。高校時代はとにかく、成人してから一度も逢っていないのになんだか変ですが、とにかく愛しています。どうかこんどこそ、わたしの付け文にちゃんと答えてください。この走り書きを破ったり、靴の踵で踏みつけにしたりしてはいけません。

十月十九日午後四時　　　　孝　之

真佐子様

8

詳しいことは佐伯孝之さんが帰国してから申しあげますが、ちかぢか家を出ることにしました。これまで意地を張って離婚届に署名もせず、印も捺さずに通してきましたが、もうやめにします。今朝一番で東北の旅から帰り、区役所で届出用紙をもらってきました。届出人の欄の〈妻〉のところへ署名をし、押印も済ませました。協議離婚の場合、証人が二人必要ですが、それはあなたにおまかせします。この手紙を届出用紙といっしょにあなたのところへ持って行ってくださるのは、三浦さんといって佐伯商会の社員の方ですが、なにか聞きたいことがあったら三浦さんにたずねてください。それではおしあわせに。わたしはいまとてもしあわせです。わたしは泥の世界から雪の世界へ引っ越すんです。といってもあなたにはなんのことだかおわかりにならないでしょうけれど。

十月二十一日　　　　船山真佐子

津野次郎様

9

元気ですか、おかあさん。昨日、山形へ行く用事があったものだから、おかあさん宛に紅花《べにばな》そうめんを送っておいたよ。紅色のそうめんでとてもきれいなんだ。それから下宿代はもう送ってくれなくていい。来年三月の卒業式までなんとか間に合うぐらいのお金が入ってきたんだ。二ヵ月働いて三十万円。それも手紙を四通書いて、山形の上ノ山温泉というところへ一回出張(?)して三十万だからいいアルバイトだろう。札幌雪まつりのときに十日ばかり帰省しようと思っているけど、そのときの旅費も出そうだから、ほんとうにいいバイトだった。

きっと、どんなバイトか聞きたがるだろうな。じつは七月、八月と津野建設というところで土工の見習をしてたんだ。そしたらあるとき、水原友子って事務員(ただの事務員じゃないんだ、これが。社長の二号でね、会社をひとりで切り盛りしている凄腕の美人さ)が、ぼくを呼んでカツ丼を御馳走してくれた上、こう持ちかけてきた。

「社長の奥さんが離婚届にハンコを押してくれないので困っている。もっともハンコを押させる方法を考えついてはいるのだが、これには協力者がいる。三十万前金で渡すから手伝ってくれないか」

三十万前金じゃ断わる方が馬鹿だよね。ぼくは引き受けた。ぼくの役目は佐伯孝之とかいう名前の、社長の高校時代の同級生に化けて、奥さんに手紙を出すこと。「本物の佐伯孝之さんと出っくわしたら困るなあ」と言ったら、水原友子女史がこう答えた。「その人、三年前に死んじゃったから大丈夫」。つまり、ぼくが化けた佐伯孝之って男は、赤坂に事務所を持って、一年の半分はヨーロッパを飛び歩いている第一線の輸入商なわけ。そうして高校時代に奥さんに憧れて、ずーっとそのまま憧れっぱなしという設定なんだ。水原友子女史が赤坂に借りてくれた実際の事務所はおんぼろ机に電話一台のひどいもんだったけど、とにかくぼくはそこへ日参して、奥さんにラブレターを書きつづけた。ぼくが化けた佐伯孝之氏は奥さんにやたらプレゼントを送りつけていたけど、それは水原友子女史の仕事。

そのうちに奥さんがぼくに、いやぼくの扮する佐伯に好意を抱きはじめた。もうひと押しすれば奥さんは陥落する――。そこで水原友子女史と社長がよく行く上ノ山温泉へ奥さんを連れ出した。もちろん、佐伯は現実には存在しないから、急用ってことでパリへ飛ばせて、代理にぼくが出かけて行ったんだ、佐伯商会社員三浦広一という名刺を作ってね。

そして、ますます熱くなった奥さんが離婚届に署名押印（なにしろ彼女は佐伯と再婚するつもりになったんだ。早く離婚しておかなくちゃあ、と奥さんの方があわて出したってわけだね）したところでぼくの役目はおしまい、佐伯商会は解散。奥さんはいま佐伯の帰りを首を長くして待っているはずだけど、真相を知ったらどうするのかねえ。ぼくは祟られるかな。それじゃ元気でね。

三浦広一

十月二十一日

母上様

エピローグ　人　質

1

はやく助けにきてください。犯人はひとりです。でも、気をつけて。犯人は腰のまわりにダイナマイトを十四本、紐で巻きつけています。また左腰に刃渡り二十糎《センチ》はある牛刀をさげています。それから、どんなときも猟銃を左手から手ばなしません。事件発生から三時間もたつのに、警察はいったいなにをしているのですか。なんとか方法を講じてください。はやくわたしたちを自由の身にしてください。おねがいします。わたしは五一三号室に泊っていた水原友子です。わたしの連れの津野次郎も人質になっています。二月二日木曜日、朝八時二十分。

2

人質は全部で十八人。内訳は男九人、女が九人。われわれ人質は犯人の目を盗み、次の如き申し合せをした。トイレに入るたびに情報を有り合せの紙片に認め、トイレの高窓から外へ投げ出すこと、と。第一便を認めた水原友子は、わたし津野次郎の連れだが、彼女の紙片はどうなったろう。警官隊の手に渡っただろうか。八時四十三分。

3

ぼくは五〇九号室に泊っていた西村光隆だ。五階の宿泊客全員が五一六号室で人質になっている。犯人はスキー帽をかぶりサングラスをかけており、はっきりした人相はわからない。八時四十五分。

4

犯人についてちょっとしたヒントがある。五〇三号室の船山太一氏が、ぼくに小声で洩したのだが、

「どうも、どこかで見かけたような青年だ」

ということだ。船山氏は東京の青戸で商事会社をやっておられるらしいが、会社の近

くのラーメン屋で、犯人とよく似た男を見たことがある、と言っておられる。お役に立つかどうかわからないがお伝えしておく。八時四十九分、水戸悦男記。

5

事件発生以来、わたしはその経過を手帖に記してきた。それをこの紙片と共にトイレの高窓から外へ投ずる。なお、わたしは鹿見木堂という日本画家である。雪の高原写生のため、二日前から、家人の貴子と共にこの天元台ホテル五階の五〇一号室に投宿していた。八時五十二分。

6

（鹿見木堂のメモ）

今朝、五時三十分過ぎ、家人がベッドよりおりて羽織を肩にひっかけドアの方へ行こうとしている気配で目をさました。手を打って家人を呼びとめ――わたしは聾唖者である――筆談にて「どうしたのか」と訊いた。

「ホテルの従業員がドアをノックしているのです。なにか急な知らせがあるらしいですよ」

と家人は筆談紙に書きつけてドアを開いた。すると廊下に若い男が猟銃を構えて立っていた。年の頃は十八、九歳。ずんぐりした体格の若者で、顔色は紙よりも白い。紐でつないだダイナマイトを弾丸ベルトのように腰に巻き、左腰には牛刀をさげている。妻が戻ってきて、筆談紙にこう走り書きをした。

「あの青年は、わたしたちを人質にとる、と言っています。これから直ちに五階の廊下の一番奥の五一六号室に監禁するが、騒ぎ立てたり、抵抗したりしなければ生命の安全は保証する。なお、監禁は半日ぐらいで終ると思う。青年はそう言っています。どうしましょう」

そこでわたしは家人にこう書き与えた。

「ダイナマイトと牛刀と猟銃を前にしては、イエス、というよりほかはあるまい」

それからの青年は家人を上手に使った。家人に各部屋のドアをノックさせ、泊り客が女の声に気を許してドアを開けたところへ猟銃を突きつける、というやり方をしたのである。人質をとるたびに、彼は人質を廊下の奥へ奥へと進ませた。そして、自分は常に、廊下の突き当りとは反対の、エレベーターや階段のある側に立ち、猟銃を構えて油断なく見張っていた。廊下の突き当りは鉄の扉で、その外は非常階段である。だが、青年は人質がそこから逃走するのをおそれたのだろう、鉄の扉に大きな南京錠をとりつけていた。むろん錠はおりている。つまり、奥は南京錠のおりた鉄の扉、反対側の、エレベーターに近い方には猟銃を構えた青年、その中間にわれわれが網のなかの魚のようにバタバタしていたわけである。青年はエレベーター側から奥に向って順序よくひと部屋ずつ空にして行った。そうして五階の泊り客を全員、廊下奥の北側の一室、すなわちここ五一六号室に、羊飼いが羊を囲い込むように、追い込んでしまった。わたしは筆談——といってもコクヨ製の大型メモ用箋であるが——を人質たちにまわして、それぞれの氏名と室号を書いてもらった。ホテルのフロントで調べればたちまち判明する事柄であるが、念のためここにまとめておく。

五〇一号室（南に面す）わたし鹿見木堂と妻の貴子。（第七話参照）
五〇二号室（北に面す）小林文子。清心女子大の国文科四年生。ひとりでスキーに来ていた。（第二話参照）
五〇三号室（南向き）船山太一。東京青戸で商事会社を経営しているという。この男もスキーにやってきたらしい。三階と四階に同行の社員がいるとのこと。（第一話参照）
五〇四号室（北向き）甲田和子。陰気な感じの女性。筆談紙には室号と名前を書いただけ。水商売の女のようだ。もっともときどき学生のような感じにも変る。（第十一話参照）
五〇五号室（南向き）空室。

五〇六号室（北向き）小原純子。仙台のさる女子修道院の院長。眼鏡をかけた、中年女性。養護施設の長をも兼ねていて、この近くへ、収容孤児をむかえにきて、この災難に遭ったのだという。（第八話参照）
五〇七号室（南向き）この部屋も空室である。南向きの部屋——すなわち奇数番号——の部屋は、北向きのそれよりも二割方、料金が高い。それで空室が多いのだろう。
五〇八号室（北向き）青木秀雄、石原貞二。二人とも新潟県立長岡高等学校の教諭。どちらも山形大学の卒業生で、近くの米沢市で同窓会があるためやってきたとのこと。同窓会は明晩開催されるが、二人はそれまでこの天元台でスキーを楽しもうと計画していた。（第九話参照）
五〇九号室（南向き）西村光隆、弘子。新婚夫婦。ふたりとも東京は浅草橋の文房具問屋の社員。新婚旅行をかねたスキー旅行。（第四話参照）
五一〇号室（北向き）高橋忠夫、美保子。高校教員夫婦。（第十話参照）
五一一号室（南向き）空室。
五一二号室（北向き）水戸悦男、博子。商社員夫婦。近々、夫婦そろってオーストラリアへ行く予定であったとか。ご亭主が彼地へウラン買付けのため駐在することになっているらしい。（第六話参照）

五一三号室（南向き）津野次郎、水原友子。いわゆる浮気旅行か。土建業の経営者とその従業員。（第十二話参照）
五一四号室（北向き）古川俊夫、扶美子。これもまた新婚旅行組であるが、ご亭主が四十三、四歳で、奥さんが二十二、三歳という組合せが変っている。さらに変っているのはご亭主が記憶喪失症だということ。もっともこのご亭主は始終、笑顔を絶やさず、この笑顔でわれわれはだいぶ救われている。（第三、五話参照）
五一五号室（南向き）空室。
五一六号室（北向き）犯人の部屋。

さて、われわれ十八名の人質が閉じこめられている部屋五一六号室は、すでにご承知のことと思うが、ドアを背にして、右にトイレとバスへ通じるドアがあり、左は造りつけの洋服簞笥である。犯人はずっと洋服簞笥に背をもたれさせながら、室内に銃口を向けている。
室内は洋間で、日本間に直せば十二、三畳ぐらいの広さ。シングルベッドがふたつ並んでおり、入口のドアと向いあうようにして大きな窓がある。十二、三畳のところへ十八人の人質、息がつまりそうだ。われわれは空気入れかえのために窓を暫時開放せよ、と犯人に要求したが、彼は、

「窓の下は雪が二米《メートル》近くも積っている。跳びおりても怪我ひとつしないだろう。つまり、逃げ道を用意してあげるのと同じことになる。だから窓をあけられては困るのだ。だれでもいい、ちょっとでも窓をあけてみろ。そのだれかは死ぬことになるぞ」

と、われわれの要求を拒絶した。

7

犯人が女性の人質を一人、解放するつもりだ、と言っている。そのとき、その人質に自分の要求を認めた紙を持たせるつもりらしい。どうか、犯人の要求を容れてほしい。九時〇五分。トイレにて石原貞二記す。

8

(犯人が甲田和子に持たせた要求書)

おれは柏木幸子の弟の弘だ。柏木幸子を知っているだろう。そうだ、一昨年の七月二十八日、東京青戸で船山太一という男の長女正子ちゃんを殺し、いま栃木刑務所で服役中の、あの柏木幸子だ。なんの罪もない小さな女の子を殺してしまったのだから姉が懲役十二年の刑を宣告されたのは当然だ。しかし、よくよく考えてみると、ほんとうに悪いのは船山太一だ。やつは、自分の店で働いていたおれの姉を、

「ぼくの奥さんにしてやる」

などと甘言で釣って、情婦にした。そして事が奥さんにばれると、今度は姉をくびにした。そればかりか、奥さんと二人で正子ちゃんに姉のことを、

「あの女はうちをこわそうとしている悪魔だよ。こんどどっかで出逢ったら『悪魔』と言っておやり」

と、教え込んだ。

おれの姉は正子ちゃんに、

「わーい、悪魔」

といわれて、ついかっとなりのどを締めてしまった。姉も悪いが、船山太一も悪い。なのに、姉だけが罪を問われるのはひどいではないか。姉も人でなしなら船山太一も人でなしだ。もちろん、人質を楯に偉そうに物を言っているこのおれも人でなしだが……。

くどくど言ってもはじまらない。おれの要求を書く。栃木刑務所から姉の柏木幸子をこの天元台ホテルへ連れて来てくれ。姉は前まえから船山太一にひと目逢いたいと言いつづけてきた。船山に逢ってお詫びを言いたいらしいのだ。ところが、何度、頼んでも船山のやつは「うん」と首を縦に振ってくれない。やつはぶるってやがるんだ。ほんとに意気地のない野郎だ。これでおれが人質をとってたてこもった理由がわかったろう。

たしかにおれたちは愚かな姉弟だよ。姉は自分を裏切った男にひと目逢いたいなどと

いつまでも下らないことを言っている。弟の方は、姉の、そういう愚かなねがいを叶えてやろうと人質をとってホテルの一室にたてこもる。ほんとうに利口じゃない。でも、おれにとっては姉がこの世のすべてなのだ。それがどのようにくだらない、愚かなねがいであろうと、姉がそうねがうのならば、おれは自分の命にかえても実現する。自分で選んだことだとはいえ、姉は女としてもっとも晴れがましい時期を棒に振った。哀れな女なんだ。だから姉のねがいごとはどんなつまらないことでも叶えてやりたいのだ。

姉が船山太一に逢いたがっているのを知ったおれは、去年の秋から青戸の、船山商事の近くのラーメン屋に住み込み、店へお客としてやってくる船山商事の社員からそれとなく船山太一の動きを探っていた。やつが数人の社員を引き連れて米沢市郊外の天元台スキー場に出かけるらしいということを耳にしたのは一月上旬だった。船山商事の庶務の女の子に探りを入れたら、二月一日から四日間、天元台ホテルを四部屋予約していることがわかった。念のため、ホテルのフロントへも問い合せてみた。たしかにやつは部屋を予約している。その日のうちにラーメン屋をやめ、この天元台へやってきた。そしてスキー場の雪ならしのアルバイトをしながらやつの到着を待った。

二月一日、すなわち今日の午後、やつはホテルに入った。ホテルのボーイに親しいのがいたので、おれはやつが何階に泊っているかたずねた。このホテルは三、四、五階が客室だが、二階には食堂やバーやゲームセンターがあって夜中近くまでさわがしい。船山商事でとった部屋は三階に二室、四階に一室、五階に一室の計四室だが、社長のやつが、さわがしい二階に近い三階に泊るとは考えられない。四階か五階のどっちかだ。おそらく最上階の五階だろうと見当はつけていた。五階からの眺めはちょっとしたものだ。晴れた日は米沢市街が手にとるように見えるし、東には蔵王、北には朝日連峰が望める。ボーイは、船山太一は五階の五〇三号をひとりで占領しているよ、と教えてくれた。おれが睨んだとおりだった。

フロントへ顔を出し、

「五階に空室があったら一泊させてくれ」

とたのんだ。

「スキーにやってきた東京の女子大生と仲よくなっちゃってね。彼女に仕掛けるにはどうしても部屋がいるのさ。宿泊料金は前払いしてもいいよ」

と言ったら、フロント係がにやにやしながら鍵を渡してくれた。とまあ、ざっとそんなところだ。

人質に銃を向けながら、こんなに長い要求書は書けないと思ったから、これは前日、すなわち二月一日の夜に書いた。また、人質を前に電話に出るわけにも行かない。電話に出ているところを四方八方からわーっと人質にとびかかられたんじゃかなわないからな。

そういうわけだから、電話による連絡もことわる。ただ黙って栃木刑務所から姉をここへ連れてきてくれ。大至急だ。ヘリコプターを使え。午後一時まで待ってやる。なお、人質の安全は保証する。ただし、下手に救出作戦などするな。そういう動きがあればはなしは別だ。遠慮なく人質はぶっ殺す。姉と船山太一との面会がすんだら人質は解放する。おれも武器を捨てて自首する。

二月一日午後十一時三十分記す。　柏木　弘

9

わたくしは仙台市郊外の児童保護施設「白百合天使園」の園長をしております小原純子と申す修道女でございます。

人質のひとり甲田和子さんを解放してからの犯人はまことに穏和で顔には絶えず笑顔さえうかべているほどです。むろん、窓をあけようとしたり、室内を歩きまわったりしますと、犯人はおそろしい見幕で怒鳴りつけますが、大人しくさえしていればおだやかなものです。

十時三十五分には、

「おい、みんな、腹がへってるだろう。菓子パンと牛乳を用意しておいたから、腹ごしらえをしたらどうだ」

と、洋服戸棚からダンボール箱を引っぱり出して、わたしたちの方へ蹴ってよこしました。また犯人は、

「午後一時には、おれの姉がこのホテルに到着する。そうしたらみんなを解放するから、もうすこし辛抱してくれ」

などとも申しております。どうか、犯人の要求をいっときも早く容れてくださいますようおねがいいたします。犯人を刺激するような動きは一切してくださいますな。これは人質全員の一致した要望でございます。十一時五分記す。

10

たったいま、廊下の端——たぶんエレベーターの前あたりからでしょうけど——刑事さんが大声で犯人に、

「柏木弘ッ、おまえの姉は現在、ヘリコプターでこの天元台へ向いつつある。午後一時までには当ホテルへ到着できるだろう。人質に乱暴せずにおとなしく待て」

と叫んでいる声が聞えました。当局が素速く手を打ってくださったことに感謝いたします。十一時四十二分。小林文子。

わたしのすぐ前に船山太一氏がトイレに入ったはずであるが、おそらく船山氏はなんの情報をも諸君に投げ与えることはできなかっただろう。犯人は、この船山氏だけには特別な扱いをしている。船山氏がトイレに入るたびに犯人は、

「ドアを開けたままで用を足すように」

と命ずるのである。したがって、船山氏だけはトイレの高窓からメモを外へ投ずることができない。

ところでわたしの観察によれば、犯人と船山氏との間には、なにか曰く因縁があるように見受けられるのだが、いかがなものだろうか。両者の関係にこの事件の謎を解く鍵があるように思われる。どうかその方面をお調べねがいたい。

そういえば、いましがた犯人は船山氏に対して奇妙な振舞いをした。わたしのすぐ前に、船山氏がトイレに入ったときのことであるが、犯人は船山氏に小さな紙切れを渡したのだ。犯人はトイレのドアを開けたままで船山氏に用を足すように命令し、用を足しおえてトイレから出てきた船山氏の手から、例の紙切れを取りあげた。そのときの船山氏の表情は、なんといえばよいか、死人のそれのようであった。

いったい、その紙切れになにが書いてあったのか。犯人は取り戻した紙切れに火をつ

けて燃してしまった。席に戻った船山氏に、

「いまの紙切れにいったいなにが書いてあったのです」

と書いた筆談紙をまわしたが、彼はぶるぶる震えているだけで、答えてはくれなかった。このこと、ちょっと心に引っかかったので、お知らせする次第である。十二時三十分。鹿見木堂。

12

あと五分で午後一時。どうか無事でたすかりますように。犯人の言うとおりにしてください。船山太一さんは毛布を肩から羽織ってがたがた慄えていますが、ほかの人質は全員元気です。高橋美保子。

13

（『米沢新報』二月三日号第一面）

……五一六号室のドアを半開きにして待ち構えていた犯人の柏木弘は右手で猟銃を構えたまま、左手で姉の幸子をしっかりと抱きかかえた。この隙に船山太一さんは五一六号室の窓を開け外へ飛びおりたが、地面に頭を打って即死した。もっとも他の人質たちは前方の、部屋の入口での犯人とその実姉との邂逅《かいこう》に気をとられていて、だれひとり船

山太一さんが窓からとびだしたことに気づいていなかった。

実姉とふたことみことなにか言い交わしてから犯人は、実姉をバスルームに入れ、人質たちに、

「ご苦労さまでした。まる半日もみなさんに窮屈な思いをさせてすみません。ひとりずつ順序よく部屋を出てください。ただし、船山太一さんは、さっきトイレにお入りになったときおねがいしましたように、最後に部屋を出てください」

と告げた。

ところがいつまで待っても船山太一さんは出てこない。犯人は、

「どうしたんだ、船山さん、姉に逢うのがそんなにいやなのか」

と室内に向って怒鳴った。そのすきに米沢署員四人がとびかかり、柏木弘を不法監禁と銃刀法違反の現行犯で逮捕した。係官の取調べに対して柏木弘は、

「世間をおさわがせして本当に申し訳ないと思っている。どんな罰でも受ける覚悟でおります。ただ、船山さんが姉をそこまで嫌っているとは思ってもいなかった。ぼくは姉に船山さんと逢える機会を作ってやろうとしただけなのだが……」

と語ったという。

船山太一さん以外の人質は全員元気で、たとえば古川扶美子さんは、

「犯人は最初から最後まで紳士的でした。たしかに、はじめの三十分間は怖かったけど、

あとはべつにどうってことはなかった。船山さんが窓からとび出したことは知りません。救出されてしばらくしてからききました。ええ、もうびっくりしました。犯人がどういう狙いでわたしたちを人質にとって立てこもったのか、つい今しがた知ったばかりのところですけど、船山さん、柏木幸子って女性に会ってあげればよかったのに、って思います。なにも逃げることはなかったでしょうに。犯人は十九歳だそうですね。まだ未成年ですし、姉にかつての恋人をあわせてやりたいという、いってみればこれはうるわしい動機による犯罪でしょう、できるだけ軽い刑ですむようにと祈っています」

と言っている。

14

（以下の文章群は、二月三日午後五時二十四分米沢発上野行〈特急つばさ2号〉のグリーン車のなかで、鹿見木堂とその妻貴子との間で交わされた筆談である）

あなた、さっきから窓の外ばかりごらんになっていますね。窓の外は暗くてなにも見えないのに。どうかなさいましたか。

謎を解いている。いや、ほとんど謎を解き終えたところさ。

なんの謎ですか。

昨日の事件の謎だよ。あれはれっきとした殺人事件だ。じつに巧妙に仕組まれていた。いいかね、船山太一は殺されたのだよ。

まさか。船山さんは自分で窓から飛びおりたんですよ。

まてまて。順を追って説明しよう。犯人柏木弘はなぜ人質をとって五一六号室にたてこもったか。柏木弘には目撃者が必要だった。それもひとりでも多い方がいい。そこで五階の泊り客全員が五一六号室に閉じ込められた。船山太一を除く人質全員が取調官にこう証言した。

「とにかく姉の柏木幸子が五一六号室の入口に姿を現わすまで船山太一さんは部屋の中にいました。そして部屋から人質が出払ったときにはもういなかった。その間、犯人の柏木弘はドアのところにずーっと立っていた。船山さんに手をかけるどころか話をする機会もなかった」……

でも、それ事実ですもの。

そこだよ。柏木弘には大勢の人質によるこの証言がどうしても必要だったのさ。ところで、君は船山氏がトイレから青くなって戻ってきたときのことを憶えているはずだが、あのとき、柏木弘は船山氏に紙切れを渡し、彼に読ませ、ふたたび取りあげて燃してしまった。この事件に凶器はみっつあったと思われるが、第一の凶器があの紙切れだったのだよ。いったい、あの紙切れにはなにが書いてあったのだろうか。

それははっきりしていますわ。柏木弘はわたしたちを部屋から出すときに、

「ただし、船山太一さんは、さっきトイレにお入りになったときおねがいしましたように、最後に部屋を出てください」

と言っていたでしょう。つまり、あの紙切れには〈姉が到着したら人質は解放する。そのさい、あんたは最後に部屋を出ろ。そして姉の挨拶を受けてくれ〉というようなことが書いてあったんですよ。

それぐらいのことで人間が青くなって慄えたりするものだろうか。わたしはあの紙切れに「姉とおれとおまえの三人でダイナマイト心中をしよう」というようなことが書い

てあったのではないかと思う。弘は姉が到着したらなにかおそろしいことが起るぞと脅したのだ。そのおそろしいことと五階の窓からとび出すこと、このふたつを較べてみたとき、窓からとびだす方がまだましだと船山氏は考えた。だからそれはよほどおそろしい申し入れだったにちがいない。つまり弘は船山氏に「死」をほのめかした。

それで第二の凶器っていうのはなんでしたの。

コトバだよ。弘は、だれかが空気を入れかえるために窓を開けたい、と申し出たとき、「窓の下には雪が二米近くも積っている。つまり、逃げ道を用意してあげるのと同じことになる。だから窓をあけられては困るのだ。だれでもいい、ちょっとでも窓をあけてみろ。そのだれかは死ぬことになるぞ」

と色をなして拒否した。

船山君はこのコトバに引っかかったのだよ。彼は窓からとびおりても、積雪が自分をやわらかく受けとめてくれるだろうと考えた。

ところが、前の日、だれかが五一六号室の窓の下の雪の上に塩湯をまいていた。だれかとはむろん弘だろうがね……。

塩湯？

湯は雪を溶かす。溶けた雪はどうなるか。水になる。そしてその水は凍る。塩がきいて夜のあいだにコチンコチンに凍る。朝、陽がのぼっても、あの部屋は北向き、依然として雪は氷雪だ。わかるかね。凍った雪、これが第三の凶器だった。じつはさっきホテルを出るとき、船山君の墜死現場に寄ってそのへんの雪を舐めてみたのさ。そしたら、しょっぱかった。なぜ、雪がこうもしょっぱいのか。わたしの推理はそこからはじまったのさ。

お湯をどうやってわかしたんでしょう。ずいぶんたくさんお湯が要ったとおもいますけれど。

だれがお湯なぞいちいちわかすものか。バスルームの蛇口から無尽蔵に出てくるはずだよ。

あなた、どうします。あなたの推理を警察の方にお話しになりますか。

さあどうするかな。たしかにこれは殺人にはちがいない。がしかし、証拠は情況証拠ばかりだ。それに、柏木弘は船山に指一本ふれなかった、と証言する人質がたくさん居る。ここだけの話ということにしておくほかないだろうな。

……。

解　説

扇田昭彦

手紙のスタイルをとった文章というものには、実に不思議な魅力、いわば親密な力とでもいうべきものがある。普通の客観的な文章でなら、別にどうということもない内容が、これを親しい相手に宛てた手紙文になおすと、妙に親密で切迫した調子をおびてくる。「今日、彼が来た」というごく冷静な報告文も、これが「A君、実は今日、彼が来たのだ」となると、なんだか抜きさしならない切実感が読む者の胸に迫ってくる。

手紙スタイルで文章のサンプルをいろいろ書いて試してみればすぐにわかることだが、親しい相手を念頭においた手紙文では、私たちは打ちあけ話をするようにおしゃべりになり、感情が高揚して、情熱的になり、個性があらわになる。多くの場合、ラブレターがその人が書くもっとも高揚した文章になるというのも、いささか皮肉な見方をすれば、彼（あるいは彼女）のうちに燃えさかる愛の炎のためである以上に、手紙というこの告白誘導型、情感自己増殖型の文章形式のせいであるかもしれない。当然のことながら、親密な調子を保ちながら、真情をよそおった文章の表現も、手紙でならさほどむずかしくはない。

また手紙文では、私たちはかんたんに様式主義者にもなれる。決まり文句だけで構成された冠婚葬祭の印刷文の手紙などはその代表格だが、ここでは個的な感情のおののきは社会的な儀式のことばのうちに溶けこんでいる。

要するに、手紙文は、もっとも感情の起伏ゆたかに、本人の人柄を鋭く直接的に反映する表現になりうるし、逆に人柄に厚いベールをかぶせることもできるし、社会的な儀式の文体も持ちうる。つまり、戯曲の台詞と同じように、人間が本来的にそなえている演技性の多様な表現、いわば劇的な表現にもっとも適した形式が手紙文なのだ。すぐれた作家がこうした可能性にとんだ文章形式に着目しないはずはなく、英国の近代小説が、書簡体のスタイルをとったリチャードソンの『パメラ』(一七四〇年)を出発点のひとつにしているのは、十分に示唆的なことだ。このほかにも、ルソーの『新エロイーズ』、ラクロの『危険な関係』など、文学史にはすぐれた書簡体小説の例はかなりの数にのぼる。大江健三郎氏の近作『同時代ゲーム』(一九七九年)も、「妹よ」という呼びかけをくり返し多用する書簡体形式をとることで、その壮大な宇宙的、神話的物語は、読者に親密な語りかけのトーンを最後まで持続しつづけた。

劇作家として、演技する人間の種々相を活写しつづけている井上ひさし氏が、人間の演技性の表現に最適のこの書簡体形式を小説に採り入れたのは、いかにも納得できることだ。しかも、それを井上氏は、実に井上氏らしいやり方でやってのけた。この『十二人の手紙』は、いわば仕かけの書簡小説集である。十二編に配列されたこの短編集は、多彩なサンプルを網羅した手紙のパノラマであると同時に、いかにも井上氏らしい精妙な仕かけを随所にほどこされて、読む驚きという最上の贈りものを私たちに与えてくれる。

かつて井上ひさし氏は、氏の戯曲の上演に際して、「芝居は趣向。これが戯曲を執筆するときのわたしの、たったひとつの心掛けである。（中略）芝居においては、一が趣向で二も趣向、思想などは百番目か百一番目ぐらいにこっそりと顔を出す程度でいい」（「天保十二年のシェイクスピア」初演パンフレット、一九七四年）と書いたことがあるが、この『十二人の手紙』でも、趣向家としての井上氏の面目は実に躍如としている。

とはいえ、井上氏のこのことばを鵜呑みにして、氏は趣向家ではあるが、思想家ではないなどと思いこむとしたら、これはうまうまと氏の術策に落ちいったことになる。その多彩な作品を通じてすでに明らかなことだが、井上ひさし氏ほど、まっとうに思想に相対し、これにこだわる作家は現代でも稀なので、ただ氏は作品においては趣向や仕かけの形をとらない思想などというものを認めないだけの話である。それは、観客に驚きと喜びを与えないような舞台上の表現を、演技や芸とは呼ばないことと同じことだろう。

ただ、こういうことはいえるだろう。つまり、『十二人の手紙』でもそうだが、趣向の新しい開拓に傾ける井上ひさし氏の努力とエネルギーは目を見張るばかりで、その趣向のかずかずは実に巧緻で切れ味がよいのだが、ただその切り口の感触がとても温かいということである。つまり、切り方そのものに井上ひさし氏の思想の明らかな投影があって、趣向の鋭さはここでは温かな計算といった感じを与えずにはおかない。切り口の方向が、人間の冷徹さや辛辣さをえぐりだす方角に突き進むよりは、人間が結局は手離すことのない心のあたたかさや善意の方角に向けられていると、いいかえてもいい。その点、暗黒の領域をめざす地下茎であるよりは、断固として太陽をめざす向日性の地上茎としての井上氏の志向ははっきりしていて、これは氏が、現代をひろくおおっている透明なニヒリズムに真向から対決する姿勢をとりつづけていることからも当然のことだ。

では、『十二人の手紙』に盛りこまれている仕かけと趣向とは何か、ということになるのだが、実はこれが「解説」としては大変語りにくい。十二編の短編のうちの何編かは、確実にどんでん返しの仕かけをそなえているので、そのトリックにふれるタブーだけは避けなければならない。

だが、たとえば、出生届、死亡届、死亡診断書、洗礼証明書、修道女誓願書、婚姻届、罹火災証明書……など、二十四通にのぼるいわば公式の書類だけを巧妙に配列することによって、施設に育った修道女が不幸な道をたどって事故死するまでの短い一生を、まるでストロボ・ライトのまばゆい点滅のようなあざやかさで一気に描ききる第三話「赤い手」の見事さに、舌をまかない読者はまずいないだろう。しかも、本人の事故死を告げる書類のあとに初めてあらわれる本人の「手紙」のういういしさに、無残さといとおしさを感じない読者もまたいないはずである。

なかでも、曲者の趣向をこらした「ペンフレンド」、「鍵」、「シンデレラの死」、「泥と雪」の諸編は、手紙というものの本質に根ざした演技性を軸に展開して、めざましい効果と驚きを与えてくれる。ことに、「シンデレラの死」は絶品といっていい。「玉の輿」に登場する十三通の手紙のうち、十一通の手紙はすべて、流布している手紙の例文集からの引用だという作者の断り書きも愉快だ。

そして最後に、エピローグの「人質」が来るのだが、ここで、これまでの十二の物語に登場した人物たちが、米沢市のホテルに閉じこめられた人質となって、ずらりと再登場してくる仕かけがすばらしい。この一堂勢ぞろいのアイデアのおもしろさは、アーサー・ヘイリーの長編小説『ホテル』の大詰めのアイデアに匹敵する愉しさだ。

しかも、このエピローグの「鹿見木堂のメモ」の簡潔な記述によって、それまでの物語では事態が進行中だった人物たちが、それぞれに或る結着をつけた姿で、つまり後日談の形で再登場してくるのが、実にいい。東京・浅草橋の文具問屋の机に向かいあって坐っていたはずの「西村光隆」と「本宮弘子」はいまや「新婚旅行」にゴールインしているし（第四話）、不幸なすれ違いを重ねた「高橋忠夫」と「長田美保子」はいまは結ばれて「高校教員夫婦」となり（第十話）、他方、「水商売の女のよう」でもあり「学生のような感じ」でもある「甲田和子」は、いまでは「陰気な感じの女性」になっている(第十一話)。

さらに、記憶喪失症の「古川俊夫」と身体障害者施設にいた「村野扶美子」も、いまでは変わった「組合せ」の夫婦になっているのだが、この夫の方が実は第三話「赤い手」の重要な関係者でもあることを示す簡潔な一行は、まるで閃光のように事態を照らしだす(むろん、手がかりは事前にフェアに明示されているのだ)。

このような形で、不幸とすれ違いのなかをさまようさまざまな男女を結びあわせ、さらりと十二の物語の後日談をしめくくる井上ひさし氏の筆づかいに、ほとんど祈りにも似たものを私は感じとる。あくまでも軽妙なエンタテインメントでありながら、しかし同時にこの小説は井上氏の深い祈りである。むろん、多くの祈りと同じように、祈る姿があらわに浮き出ることは決してないが。

そんなことをぼんやりと考えていた私に、ふとG・ヤノーホの『カフカとの対話』(吉田仙太郎訳、筑摩叢書)の印象深い一節が思い浮かんできた。文学について問いただす青年ヤノーホに、カフカはこう答えたという。

「確かなことは、(文学は)祈りに傾くということです」

エンタテインメントに傾きつつ、しかし目に見えないところで、井上ひさし氏の作品はいつも深い祈りに傾いている。

DTP　平面惑星

『十二人の手紙』　一九七八年六月　中央公論社刊

中公文庫

十二人《じゅうににん》の手紙《てがみ》

1980年4月10日　初版発行
2009年1月25日　改版発行
2011年12月30日　改版3刷発行

著　者　井上《いのうえ》ひさし

発行者　小林敬和

発行所　中央公論新社
〒104-8320　東京都中央区京橋2-8-7
電話　販売 03-3563-1431　編集 03-3563-3692
URL http://www.chuko.co.jp/

ＤＴＰ　平面惑星
印　刷　三晃印刷
製　本　小泉製本

Published by CHUOKORON-SHINSHA, INC.
Printed in Japan　ISBN978-4-12-205103-4 C1193

定価はカバーに表示してあります。
落丁本・乱丁本はお手数ですが小社販売部宛お送り下さい。
送料小社負担にてお取り替えいたします。

中公文庫既刊より

各書目の下段の数字はISBNコードです。978-4-12が省略してあります。

い-35-11
小林一茶
井上ひさし

俳諧師の手文庫から大金が消えた。容疑者の取り調べが進むうちに俳人一茶の壮絶な半生が浮かび上がる。紀伊國屋演劇賞個人賞、読売文学賞受賞の傑作戯曲。

201746-7

い-35-17
國語元年
井上ひさし

明治七年。「全国統一話し言葉」制定を命じられた文部官僚は、まず家庭内の口語統一を試みる。しかし屋敷中が大混乱に……大好評を博したテレビ版戯曲。

204004-5

い-35-18
にほん語観察ノート
井上ひさし

ふだんの言葉の中に隠れている日本語のひみつとは？「言葉の貯金がなにより楽しみ」という筆者のとっておき。持ち出し厳禁、言葉の見本帳。

204351-0

い-35-22
家庭口論
井上ひさし

絶妙の笑いの発明家井上ひさしが家庭の内幕を暴露、才色兼備の夫人と可愛ざかりの三人娘に優しく突き上げられ、クスクス、シミジミの最高の面白さ。

205528-5

い-35-19
イソップ株式会社
井上ひさし
和田　誠　絵

夏休み。いなかですごす二人の姉弟のもとに、毎日届く父からの手紙には、一日一話の小さな「お話」が書かれていた。物語が生み出す、新しい家族の姿。

204985-7

う-15-9
文明の生態史観
梅棹　忠夫

東と西、アジア対ヨーロッパという、慣習的な座標軸のなかに捉えられてきた世界史に革命的な新視点を導入した比較文明論の名著。〈解説〉谷　泰

203037-4

う-15-10
情報の文明学
梅棹　忠夫

今日の情報化社会を明確に予見した「情報産業論」を起点に、価値の生産と消費の意味を文明史的に考察し、現代を解読する。〈解説〉高田公理

203398-6

う-16-3
日本人の「あの世」観
梅原　猛
アイヌと沖縄の文化の中に日本の精神文化の原形を探り、人類の文明の在り方を根本的に問い直す、知的刺激に満ちた日本文化論集。〈解説〉久野　昭
201973-7

う-16-4
地獄の思想　日本精神の一系譜
梅原　猛
生の暗さを凝視する地獄の思想が、人間への深い洞察と生命への真摯な態度を教え、日本人の魂の深みを形成した。日本文学分析の名著。〈解説〉小潟昭夫
204861-4

え-1-8
妻の大往生
永　六輔
突然のガン告知。妻として母として生きた昌子さんへの思いと在宅介護の日々を、夫として六輔が、娘として千絵・麻理が語る。楽しくせつない愛の物語。
204535-4

え-1-9
あの世の妻へのラブレター
永　六輔
昌子さん、今でもあなたの声が聞こえます……。最愛の妻をがんで亡くし三年、著者の心に去来するものは。介護に関連する対談や座談も収録。
205039-6

お-10-3
光る源氏の物語（上）
大野　晋
丸谷才一
当代随一の国語学者と小説家が、全巻を縦横無尽に読み解き丁々発止と意見を闘わせた、斬新で画期的な『源氏論』。読者を難解な大古典から恋愛小説の世界へ。
202123-5

お-10-4
光る源氏の物語（下）
大野　晋
丸谷才一
『源氏』は何故に世界に誇りうる傑作たり得たのか。詳細な文体分析により紫式部の深い能力を論証する。『源氏』解釈の最高の指南書。〈解説〉瀬戸内寂聴
202133-4

お-10-5
日本語はどこからきたのか　ことばと文明のつながりを考える
大野　晋
日本とは何かを問い続ける著者は日本語とタミル語との系統的関係を見出し、日本語と日本文明の発展の歴史を平易に解き明かす。〈解説〉丸谷才一
203537-9

お-10-6
日本語はいかにして成立したか
大野　晋
日本語はどこから来たのか？　神話から日本文化の重層的成立を明らかにし、文化の進展に伴う日本語の展開と漢字の輸入から仮名遣の確立までを説く。
204007-6

各書目の下段の数字はISBNコードです。978-4-12が省略してあります。

お-41-2
死者の書・身毒丸《しんとくまる》
折口信夫
古墳の闇から復活した大津皇子の魂と藤原郎女との交感を描く名作と「山越しの阿弥陀像の画因」。高安長者伝説から起草した「身毒丸」。〈解説〉川村二郎
203442-6

お-41-3
言語情調論
折口信夫
和歌言語の真相に迫った、折口の若き日々の思索をまとめた書。音と調べからやまとことばの本質を捉えようとする姿勢は比肩するものがない。〈解説〉岡野弘彦
204423-4

お-63-1
同じ年に生まれて
音楽、文学が僕らをつくった
小澤征爾
大江健三郎
一九三五年に生まれた世界的指揮者とノーベル賞作家。「今のうちにもっと語りあっておきたい――。」この思いが実現し、二〇〇〇年に対談はおこなわれた。
204317-6

お-63-2
二百年の子供
大江健三郎
タイムマシンにのりこんだ三人の子供たちが出会う、悲しみと勇気、そして友情。ノーベル賞作家の、唯一のファンタジー・ノベル。舟越桂による挿画完全収載。
204770-9

か-2-3
ピカソはほんまに天才か
文学・映画・絵画…
開高健
ポスター、映画、コマーシャル・フィルム、そして絵画。開高健が一つの時代の類いまれな眼であったことを痛感させるエッセイ42篇。〈解説〉谷沢永一
201813-6

し-6-52
日本語と日本人〈対談集〉
司馬遼太郎
井上ひさし、大野晋、徳川宗賢、多田道太郎、赤尾兜子、松原正毅氏との絶妙の語り合いで、〈実にややこしい言葉〉日本語と日本文化の大きな秘密に迫る。
202794-7

た-30-28
文章読本
谷崎潤一郎
正しく文学作品を鑑賞し、美しい文章を書こうと願うすべての人の必読書。文章入門としてだけでなく文豪の豊かな経験談でもある。〈解説〉吉行淳之介
202535-6

た-56-1
新釈落語咄
立川談志
古典落語の真髄を現代訳した〝家元〟談志の落語論。「粗忽長屋」から「妾馬」まで珠玉の二十篇に新たに光が当てられ、いま蘇る。〈解説〉爆笑問題・太田光
203419-8

た-56-2
新釈落語噺　その2
立川談志
「癌もどき」なんてンで死ねるかい！　落語はもっと面白い。演者や客もしっかりしろィ。家元談志、真骨頂の落語論。抱腹絶倒、言語道断の爆笑高座。
204023-6

た-64-1
笑うふたり　語る名人、聞く達人
高田文夫対談集
伊東四朗、三木のり平、イッセー尾形、萩本欽一、谷啓、春風亭小朝、青島幸男、立川談志ほか、笑いに人生を賭けた男達の肉声。〈解説〉宮藤官九郎
203892-9

た-64-2
江戸前で笑いたい　志ん生からビートたけしへ
高田文夫編
高田文夫、山藤章二、篠山紀信、吉川潮、永六輔、春風亭昇太、水道橋博士、大瀧詠一ほか、超豪華メンバーが縦横に語り尽くす〈江戸前の笑い〉の粋と魅力。
203893-6

た-64-3
毎日が大衆芸能　娯楽・極楽・お道楽
高田文夫
演芸、映画、歌に芝居、野球、プロレス……芸能界きっての「客席王」の異名をとる文夫クンが、世紀をまたいでひたすらに観た、一大芸能クロニクル！
204022-9

た-64-4
毎日が大衆芸能　娯楽・極楽・お道楽　しょの2
高田文夫
小さん死去から北野監督「座頭市」まで、客席に座らせたら日本一、お目は高いが腰は低い、業界きっての見巧者が、新世紀日本の大衆芸能をギョロリと観た！
204491-3

た-64-5
娯楽・極楽・お道楽　毎日が大衆芸能　しょの3
高田文夫
「タイガー&ドラゴン」に興奮、勘三郎・正蔵襲名に拍手、青島・植木・阿久が逝き、ニッポン放送は危機、東国原知事が誕生。眼光鋭く見つめたニッポンの大衆芸能'05〜'08。
204990-1

た-64-6
大衆芸能ざんまい　娯楽・極楽・お道楽　しょの4
高田文夫
客席王の異名をとる業界きっての見巧者が、眼光鋭く見つめた日本の大衆芸能クロニクル'08〜'10。ついにシリーズ最終章。私的・大衆芸能十三年史付き。
205399-1

つ-6-13
東海道戦争
筒井康隆
東京と大阪の戦争が始まった!!　戦闘機が飛び、重装備の地上部隊に市民兵がつづく。斬新な発想で現代を鋭く諷刺する処女作品集。〈解説〉大坪直行
202206-5

各書目の下段の数字はISBNコードです。978-4-12が省略してあります。

つ-6-14 **残像に口紅を** 筒井康隆
「あ」が消えると、「愛」も「あなた」もなくなった。ひとつ、またひとつと言葉が失われてゆく世界で、執筆し、飲食し、交情する小説家。究極の実験的長篇。
202287-4

つ-6-17 **パプリカ** 筒井康隆
美貌のサイコセラピスト千葉敦子のもう一つの顔は、男たちの夢にダイヴする〈夢探偵〉パプリカ。人間心理の深奥に迫る禁断の長篇小説。〈解説〉川上弘美
202832-6

つ-6-20 **ベトナム観光公社** 筒井康隆
新婚旅行には土星に行く時代、装甲遊覧車でベトナムへ戦争大スペクタクル見物に出かけた。戦争を戯画化する表題作他初期傑作集。〈解説〉中野久夫
203010-7

つ-6-21 **虚人たち** 筒井康隆
小説形式からその恐ろしいまでの〝自由〟に、現実の制約は蒼ざめ、読者さえも立ちすくむ、前人未到の長篇問題作。泉鏡花賞受賞。〈解説〉三浦雅士
203059-6

つ-6-23 **小説のゆくえ** 筒井康隆
小説に未来はあるか。永遠の前衛作家が現代文学へ熱きエールを贈る「現代世界と文学のゆくえ」ほか、断筆宣言後に綴られたエッセイ100篇の集成。〈解説〉青山真治
204666-5

の-3-13 **戦争童話集** 野坂昭如
戦後を放浪しつづける著者が、戦争の悲惨な極限に生まれえた非現実の愛とその終わりを「八月十五日」に集約して描く、万人のための、鎮魂の童話集。
204165-3

ふ-12-4 **夜の橋** 藤沢周平
無頼の男の心中にふと芽生えた一掬の情愛——江戸深川の夜の橋を舞台に男女の心の葛藤を切々と刻む表題作ほか時代秀作自選八篇。〈解説〉尾崎秀樹
202266-9

ふ-12-5 **義民が駆ける** 藤沢周平
老中の指嗾による三方国替え。苛酷な運命に抗し、荘内領民は大挙江戸に上り強訴、遂に将軍裁可を覆す。天保期の義民一揆の顛末。〈解説〉武蔵野次郎
202337-6

ふ-12-6
周平独言
藤沢周平
歴史を生きる人間の風貌を見据える作家の眼差しで、身辺の風景にふれ、人生の機微を切々と綴る。情感豊かな藤沢文学の魅力溢れるエッセイ集。
202714-5

ふ-12-7
闇の歯車
藤沢周平
曰くありげな赤提灯の常連客四人に押込強盗を持ちかける謎の男。決行は逢魔が刻…。深川を舞台にくり広げる長篇時代サスペンス。〈解説〉清原康正
203280-4

ま-17-9
文章読本
丸谷才一
当代の最適任者が多彩な名文を実例に引きながら文章の本質を明かし、作文のコツを具体的に説く。最も正統的で実際的な文章読本。〈解説〉大野晋
202466-3

ま-17-11
二十世紀を読む
丸谷才一
山崎正和
昭和史と日蓮主義から『ライフ』の女性写真家まで、皇女から匪賊まで、人類史上全く例外的な百年を、大知識人二人が語り合う。〈解説〉鹿島茂
203552-2

ま-17-12
日本史を読む
丸谷才一
山崎正和
37冊の本を起点に、古代から近代までの流れを語り合う。想像力を駆使して大胆な仮説をたてる、談論風発、実に面白い刺戟的な日本および日本人論。
203771-7

や-9-4
歴史の真実と政治の正義
山崎正和
二十世紀思想の病――ナショナリズム、歴史主義、近代国家論をどう克服するか。情報化が進める教養の衰退、活字文化の危機にどう対処するか。〈解説〉北岡伸一
204904-8

や-7-3
禁酒禁煙
山口瞳
医者から酒と煙草を止められて「禁酒禁煙」と墨書してみる。断固禁酒と思う日でも、夕方にはだめになることも――男性自身シリーズより編集の好エッセイ集。
204292-6

や-7-4
旦那の意見
山口瞳
酒は買うべし、小言は言うべし――エッセイ『男性自身』で大好評を博した著者が「最初の随筆集」と断じてはばからぬ、珠玉の自選名文集。〈解説〉山口正介
204398-5

各書目の下段の数字はISBNコードです。978－4－12が省略してあります。

よ-36-1
真夜中の太陽
米原　万里
リストラ、医療ミス、警察の不祥事……日本の行詰った状況を、ウイット溢れる語り口で浮き彫りにし今後のあり方を問いかける時事エッセイ集。〈解説〉佐高　信
204407-4

よ-36-2
真昼の星空
米原　万里
外国人に吉永小百合はブスに見える？　日本人没個性説に異議あり！「現実」のもう一つの姿を見据えた激辛エッセイ、またもや爆裂。〈解説〉小森陽一ほか
204470-8

よ-33-1
毒にも薬にもなる話
養老　孟司
医者の「殺人」、金融不祥事、オウム事件、教育問題……。世紀末日本を惑わせた事件の数々を、犀利に解剖した珠玉の社会時評集。
203749-6

よ-33-2
あなたの脳にはクセがある
「都市主義」の限界
養老　孟司
あの事件、この出来事から語られる、現代人に取り憑いた重い、おもーい病い。あなたの脳は大丈夫？　書き下ろし「方法としての言葉」収録。
204332-9

よ-33-3
まともな人
養老　孟司
二十一世紀最初の三年間の出来事とその周辺の人々の姿から、世界と世間の本質を見通し、現代にはびこる「ああすればこうなる」式の考え方に警鐘を鳴らす。
204807-2

よ-33-4
こまった人
養老　孟司
イラク派兵、靖国問題、安全神話の崩壊など、世の中を騒がせた出来事を養老孟司が定点観測。世界と世間の本質を読み解く、好評「養老哲学」第二弾。
205147-8

よ-33-5
ぼちぼち結論
養老　孟司
ホリエモン・村上ファンド騒動、中国の経済脅威、団塊世代の定年……養老孟司の時評シリーズ完結編。「自分探し」をする前に世界をよく見てみよう。
205492-9

ア-7-1
愚か者ほど出世する
ピーノ・アプリーレ
泉　典子訳
養老　孟司序文
世の中、バカが多くて疲れるのは、科学的必然性があったのだ。気鋭のイタリアのジャーナリストが、人類退化の過程を検証。養老孟司氏も絶賛のバカ本決定版。
204863-8